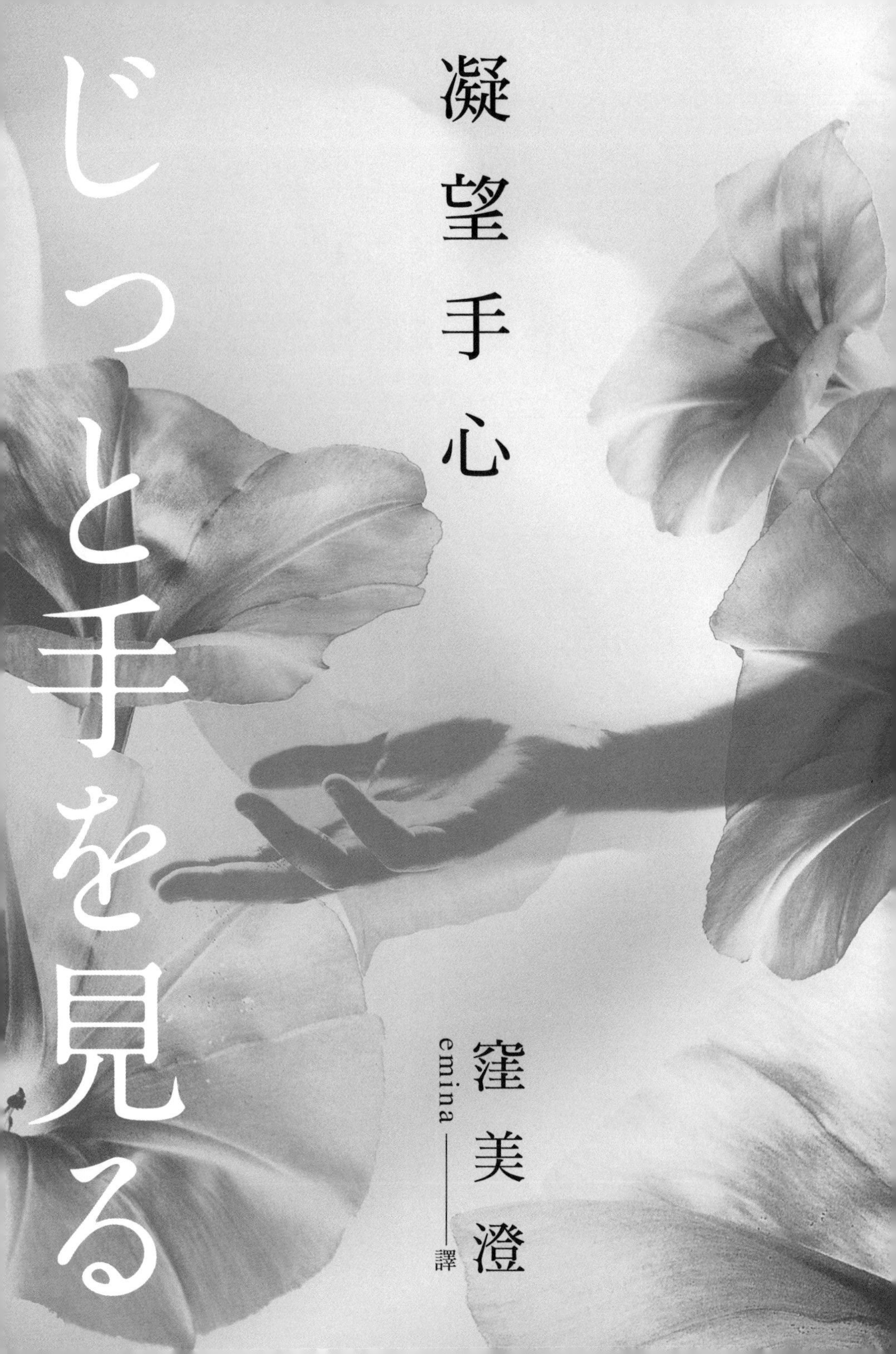

凝望手心

じっと手を見る

窪美澄

emina——譯

在那之中的、湖泊

第一次見面的時候並沒有那種感覺。

不過，那個時候，也說不上討厭。

清楚地意識到自己愛上了這個人，也許是第二次見面，在那間居酒屋公共澡堂風格的玄關。

那是一間要各自將鞋子擺進設置在入口鞋櫃裡的居酒屋。只要把餅乾大小、具有厚度的銀色鑰匙取出，鞋櫃便自動鎖上。離開的時候再插入鑰匙，取出自己的鞋子。看著取出擦得光亮的皮鞋、坐在染上些許塵埃的擱柵地板上綁著鞋帶的宮澤先生的背影，好想抱緊他，心中突然湧現了這樣的念頭。那一瞬間，第一次覺得自己搞不好愛上這個人了。

穿著皺皺的藍色襯衫的背部、不知道為什麼只有脖子後面捲曲的頭髮、左耳後方咖啡色的痣。每次眨眼，我的眼睛都會找出沒有留意到的，關於宮澤先生的一切，並且迅速地把那些檔案儲存到我的腦子裡。

我看著眼前宮澤先生的側臉。

宮澤先生向右看，盯著隔壁起居室裡無聲的映像管電視。我喜歡他豐厚的嘴唇和下巴的線條。隨著畫面變化、光線的亮度和照射到的部位不同，宮澤先生臉上的陰影也隨之改變。

我也向左看。

深夜的電視購物節目。情緒高昂的男子和女子正在介紹家庭號泡菜。鏡頭特寫用筷子夾著糜爛般的紅色泡菜放進嘴裡的女子。咀嚼的女子上唇的上方有細紋。宮澤先生的上方有我。連日的梅雨下個不停，到了晚上更添寒意，因此我和宮澤先生上半身都穿著T恤。雨勢好像突然增強了。窸窣的雨聲變成了滴滴答答的聲音。宮澤先生動了一下腰部，從下面往上頂。除了被頂到的刺激，從結合的地方漏出的聲音也讓我有感覺。

關掉電視，宮澤先生彷彿根本沒有在做愛般的開始閒聊。

「然後啊，公司隔壁那間中華料理店的天津飯超級好吃的。」

「我在公寓圍牆上看到螳螂正在威嚇貓咪呢。」

宮澤先生一邊說著那些話，一邊從T恤上面捏我胸部突起的地方。黑暗中，當眼睛逐漸適應，我看見了宮澤先生的臉。在左耳進右耳出、無意義的談話之間，用畫圓的方式動看看、八字形動看看之類的，宮澤先生向我丟出各種提議。話雖如此，我卻沒辦法做得很拿手，但是，我仍然笨拙地照著做。在意想不到、某個不經意的角度，確實有個舒服的地方，那種感覺就像是找到了埋藏在自己身體裡的寶物一樣。

宮澤先生將食指放進我的口中，我用舌頭包覆它、吸吮它。

取代濕潤的食指，這次換成了宮澤先生的舌頭。宮澤先生的舌頭滑過上唇內側、門牙的背面、牙齒和牙齦的交界處，為什麼那種地方會感到舒服呢？人的身體還真是不可思議。我的腰自己動了起來。當我的動作和出其不意往上頂的宮澤先生的腰的動作一致的時候，便會到達想都沒想過的深處。那一瞬間，溫暖的水從我的體內溢出。為了這種時候而準備的浴巾墊在宮澤先生身體下面。只要我和宮澤先生一動就溢出來。我不知道這些溫暖的水究竟從何而來。和海斗做愛的時候，從來沒有這樣子過。挖到這條水脈的是宮澤先生。自從我和宮澤先生做愛後才開始的。不知道為什麼，結合的地方變得越來越黏稠。宮澤先生扶著我的背、讓我躺在床上。最後總是相同的姿勢。進出的節奏變得規律。

我的T恤被粗魯地往上掀起，胸部突起的地方被咬住。

「日奈。不行。夾那麼緊的話。」

宮澤先生伴隨著急促的喘息對我說，但我又不是刻意要那麼做的，不行，被這麼說我也不知該如何是好。只聽得見自己的聲音的殘響瞬間，結合地方的深處產生了脈動。隨著凌亂的呼吸趨於平靜，窗外的雨聲侵入耳裡。那是雨滴強而有力拍打著葉子的聲音。

第一次見到宮澤先生，是今年一月的事情。

宮澤先生隸屬於東京的某間編輯工作室，當時正在製作我畢業的那間看護福祉專門學校的入學簡介手冊。

「手冊裡有介紹畢業生的單元，請妳務必幫忙。」校長在每月舉行一次，針對畢業生的看護技術研習會時對我說。

「不行，絕對沒辦法。」雖然我強硬地拒絕，但是「原定的畢業生接連得了流感，真的找不到人了，就當作是幫我一個忙。」校長苦苦哀求。「更何況不是只有妳一個人，和妳同一屆的海斗也會去，所以用不著擔心。」雖然我終究被說服，心不甘情不願地答應了，但前一天還是緊張到完全睡不著，就這樣到了採訪和拍攝的日子。

新年才剛過，那些人來到了我工作的特別照護養老中心。

「上午在海斗工作的另一個機構完成了採訪和拍攝工作，不過也因此時間上有些延誤了。」穿著灰色針織衫的男人以飛快的語氣道歉，並遞出了名片向我問候。「我是負責指揮的宮澤。」他用略帶沙啞的聲音說道，露出微笑。

所謂的指揮是什麼意思，我行禮的同時心想。然後撰稿、攝影師、化妝師等各種頭銜的人接二連三出現，給我各種設計風格迥異的名片。明明是初次見面卻不使用敬語，如同老朋友般的相處態度，這些人給我一種有生以來從未感受過的氛圍。

「那麼，首先進行拍攝，然後是採訪。」

「拍攝前先來化妝吧。」

工作人員中外表最年輕的宮澤先生，似乎是領導者的樣子。向我說明大致流程的同時，對工作人員下達細微的指令，留下我和女性化妝師後，便匆促地離開了房間。

「現在這樣其實就很漂亮了。」

戴著黑框眼鏡的化妝師，用拇指和食指輕輕掀起我的劉海同時說著。會客室的桌子上擺著許多化妝用的道具。桌子邊緣有個打開後會變成一層一層構造的黑色化妝箱，裡面塞滿了我從來沒有看過的色彩繽紛的眼影和腮紅，以及各種尺寸，看起來像是腮紅刷的東西。

「只上一點點淡妝。」化妝師一邊說，一邊用大大的刷子刷上蜜粉，用海綿輕壓，用眉粉和眉筆畫出清楚的眉型，在臉頰上畫上鮮豔的橘色腮紅。一陣沉默之後，「完成了。」化妝師說，並將手拿鏡交給我。鏡子裡我的臉要比平常立體了百分之五十。「超可愛的。」化妝師興奮地說。雖然明白這只是客套話，我還是覺得高興。

和化妝師一同走到中心的庭園時，「真是壯觀呢，富士山。」宮澤先生看著我的臉大聲地說。從這個距離市中心車程約三十分鐘的庭園，可以看到不被任何建築物所阻擋，巨大的富士山。來到這裡的人都會那麼說。不過，富士山這種東西，是因為偶爾看到才會心生感激。要是生長於無論在哪裡都能看到富士山的城市的話，就會因為太過於理所當然而沒有任何感動。

「看這裡——，像美國人那樣笑——」

雖然男性攝影師那樣說，我的臉卻僵硬地笑不出來。總覺得自己說不定正以令人作嘔的表情笑著，卻一直聽到「很好——，很好——」，於是自暴自棄，豁出去地露齒笑。

「真是漂亮。」宮澤先生大聲地說。

「這裡感覺就像天國一樣。」

瞇著眼，表情陶醉的宮澤先生再次大聲說道。帶著爺爺、奶奶來到這裡的人，都會像宮澤先生一樣說出那樣的話。而且，說完之後，表情總是如釋重負卻又帶著一絲後悔。拍攝結束，我回頭望向富士山。山頂附近飄著一片看起來像是天使單邊翅膀的雲。來到這裡的爺爺奶奶，絕大多數都在這裡度過了人生最後的時光。比起其他地方，這裡的確更接近天國也說不定。

「那個，休假的時候，我會洗衣服、打掃，有空的話還會去購物中心買東西。」

聽到我如此回答，女性撰稿者露出些許困惑的神情。看到那個表情，我的胃隱隱作痛。僅僅被告知想問些平時工作的情況以及日常生活，生平第一次的採訪就這樣開始了。我沒有辦法不緊張。宮澤先生和撰稿者坐在我面前的沙發上，擺出一副不想漏聽我任何一句話的姿態。

撰稿者的年紀看起來比剛才的化妝師大。長度到下巴的咖啡色頭髮中分、嘴唇上的淡粉色唇蜜呈現出光澤。由於旁邊的宮澤先生看起來像個大學生，兩個人並肩而坐時，看起來就像一對有著年齡差距的情侶。

「有沒有什麼興趣呢？」

「沒有特別的興趣。」

「喜歡的電視節目之類的？」

「我不看電視。」

「不會去旅行嗎？」

「只要換了枕頭我就會睡不著。」

「在偵訊嗎？」宮澤先生笑著吐槽撰稿者，現場的氣氛一瞬間緩和了下來，但撰稿者的眼中看不到一絲笑意。她以一種「這個人的生活樂趣到底在哪裡」的表情看著我。喀噠、喀噠，她緩緩地按了兩下手中的原子筆。

「為什麼想去讀看護學校呢？」撰稿者問。

「我和爺爺兩個人住，想說將來可以照顧爺爺。」

「那麼，園田小姐成為了看護之後，爺爺也能安心了。」

撰稿者不停頓地在筆記本上寫上文字，同時說道。

「爺爺去年過世了。」聽到我這麼說，「這樣啊，真是遺憾。」撰稿者小聲地說。

「不過，想必爺爺在天國也很欣慰吧。」我急忙說道。

此時，宮澤先生用裝出來的大阪腔說「乖孫女。」，接著以右手肘遮住眼睛、做著浮誇的哭泣動作。撰稿者以一種「你是白痴嗎？」的表情看著宮澤先生。

「現在，什麼事情最能讓妳感到快樂呢？」她接著問。

「……快樂的事情嗎？嗯——。」

「和男朋友出去玩的時候？」

「我沒有男朋友。」聽到我這麼說，「太可惜了——，明明才二十四歲。」撰稿者用戲劇化的聲音說。宮澤先生做出不耐煩的表情，摀住雙耳。因為還年輕。所以應該要去談戀愛才對。撰稿者彷彿後悔般的這麼說。

去年的這個時候，確實有一個可以稱為男朋友的人。

我和專門學校同屆的海斗，談了一場描繪著愛情輪廓的戀愛。在生日的時候收到禮物、在情人節的時候送他巧克力、兩個人一起到購物中心買東西、去ＫＴＶ唱歌。雖然因為完全沒有經驗而相當慘烈，但也發生了彼此人生中第一次的性行為。可是，無論做了什麼，打從心底感到快樂的瞬間從未出現過。

失去了爺爺這個世界上唯一的親人，如果不待在某個人身邊的話，就會覺得快要瘋掉。於是我依賴了身邊的海斗。可是我卻發現，和不是真心喜歡的人在一起，只會感到更加寂寞。當我如實地告訴海斗時，海斗放聲哭泣，「我是真的很擔心妳，在妳找到下一個男朋友之前，請讓我留在妳身邊。」海斗哭著說。雖然在那股氣勢之下，我下意識地說出了「好。」，但對於分手藉著各種理由來我家的海斗，我忍不住抱怨「這樣子不就和交往時一樣嗎？」之後，海斗變成每個月一、兩次，從兩個人總是湊不上的休假日裡硬是找到機會，帶著親手做的便當來我家。

「拍得很可愛喔——，日奈。」校長一邊說，一邊招手呼喚我看放在桌上的某張紙。映入眼簾的是以傻傻的表情笑著的自己的臉。

「嗯，這樣就、這樣子就可以了。」

「再看仔細一點。妳看看。無論是妳還是海斗，看起來都像是明星呢。相親照就用這個如何？」校長將紙推到我的面前。

宮澤先生微笑看著這一來一往。當宮澤先生站在身旁時，原來他的身高還滿高的嘛，我心想。

接到校長的電話，是從攝影和採訪的那天起，過了兩個月左右的時候。「宮澤先生為了進行原稿和照片的最終確認而來，如果時間上方便的話請到學校來。海斗因為大夜班不能來，至少由妳過目確認一下。」我就這樣被校長用電話找來了。

工作結束準備直接開車回東京的宮澤先生，以及急著想要回家的我，被校長強迫留下，去了位於車站前的日式居酒屋。校長完全不理會還要開車的宮澤先生，以及滴酒不沾的我，一個人咕嚕咕嚕地喝著啤酒，喝得滿臉通紅。看著一瞬間喝光酒杯的校長，和不斷地將啤酒往校長的酒杯裡倒的宮澤先生，我小口小口地咬著橘色的起司和小黃瓜。

「光吃那個可以嗎？」

坐在對面的宮澤先生擔心似地看著我的臉。校長開口打斷了正準備回話的我。

「看護的工作，遠比宮澤先生想像地更加耗費體力呢。日奈待的特別照護養老中心，事實上就和姥捨山[1]一樣。替那些人換尿布、把嘴裡清乾淨、打掃嘔吐物之類的。某種程度靠體力和氣力勉強撐得過去。可是，每天每天都這麼做的話，難免會出現沒

①姥捨山：孩子將年邁的父母丟棄於山裡的日本傳說。

有食欲的日子。」

宮澤先生沉默著，將啤酒往醉到眼神渙散、滔滔不絕的校長的酒杯裡倒。

「不過呢，這些事情不會寫進宮澤先生做的、漂亮的入學簡介裡面，沒錯吧，宮澤先生。」宮澤先生停下了正在倒啤酒的手。

「如果您有在意的地方，現在也可以當場進行修改。」

宮澤先生用認真的表情詢問，校長在自己的臉前用力地揮舞右手。

「沒有沒有，我不是要針對宮澤先生幫我們做的簡介找碴。如果寫了實際情況，學生就不會到我們學校來了。看護的就業率高，但離職率也很高。薪水也很低。年輕的孩子們一個接著一個辭職啊。」

「我的重點是，」校長以一種奇妙的抑揚頓挫繼續說。

「日奈真的很了不起。」

校長的眼角似乎泛著淚光。這個孩子只能靠自己活下去。又來了，我心想。只要和校長吃飯，最後總是演變成這個話題，所以我才想早點回家的。正當我心煩氣躁地咬著薄薄的小黃瓜時，宮澤先生看了我。但是，宮澤先生的眼睛裡完全沒有如同其他人一般的同情眼光，只是看著我的臉。那個眼神的溫度之低，反而讓我覺得很舒服。

「我搭計程車回去沒問題的。日奈也要搭計程車回家喔。」

拒絕了宮澤先生「我送您回去吧」的提案，步伐踉蹌的校長跳進了停在車站前的計程車。目送車子繞出圓環駛去後，當我鞠躬說「那麼，我就在這裡告辭了。」宮澤先生說「都這麼晚了，我送妳回去吧。」的同時，不等我開口便轉身，往居酒屋停車場的方向快速走去。帶點強硬的語氣，讓我不禁心跳加速。

從大馬路岔出的路上開了大約十分鐘，在消防局的路口轉彎，沿著通往山裡的道路上坡。由於是一台車子勉強可以通行，未經整修的小路，因此車子大幅度地左右搖晃，道路兩旁的樹枝和葉子大力地撞擊著車子的前方玻璃。

「妳都是怎麼去上班的？」

「騎機車。因為今天好像會下雨，所以放在上班的地方了。」

「這條路，到了晚上不會很可怕嗎？」

「從我出生開始就這樣……老早就麻痺了。」我如此回答，宮澤先生卻什麼也沒說。車子的燈光照亮著山路。只要下了車，就再也見不到宮澤先生了，我不禁心想，要是這條路沒有盡頭就好了。「我們還能再見面嗎？」這句話哽在喉嚨。車內充滿著讓人窒息的沉默。

宮澤先生在我家門前停下了車子。

我住的地方，是爺爺在三十五年前所建、如同廢墟般的木造平房，住在附近的小學生都叫它妖怪之家。院子的坪數比房子大，入口有生鏽的紅色大門。從大門到家中，有一條長十公尺左右、鋪了磁磚的水泥小路，但被高至我小腿的雜草所覆蓋，已經完全看不見了。雖然想著要除草，但休假時卻一點動力也沒有。我下了車，從日用包中取出手電筒，打開燈光。「那個，謝謝你送我回來。」我一邊說一邊行禮，「確認妳進家門後我再離開。」宮澤先生說。

我一如往常地用手電筒照著腳下，穿過院子往玄關走去。我的身後感受到宮澤先生的目光。走在草堆裡，腳下因夜晚的露水而濕透。我站在玄關門前，用手電筒照著宮澤先生的車子，謝謝，我大聲地說。

「院子裡的草。」

在手電筒的圓形光影中，宮澤先生打開車窗、將手放在嘴邊大聲地說。因為有些聽不清楚，我將手放在左耳的耳後。

「我來幫妳割吧？」宮澤先生再更大聲地喊著。

「應該說，可以讓我來割嗎？」

右肩上的日用包快要滑落，手電筒搖晃，宮澤先生從光圈中消失。我再次照向車子，喊了「好的，麻煩你了。」，然後行禮。關上玄關的門，彷彿聽見了車子離去的聲音。我抱著日用包，動也不動地站在玄關許久。輕易地促使他與我約定再相見的宮澤先生，和接受這件事的自己，兩個人的大膽程度讓我吃驚不已。我的耳朵發燙。

「妳要睡到什麼時候啦——」

海斗大大的聲音從房間窗外傳來。只要我加以無視，玄關的門鈴就響個沒完沒了。「真是的。」我怒吼著打開玄關門，只見穿著亮橘色登山連帽外套的海斗，滿臉笑容地站在那裡。

無視於抱怨著「再讓我睡一下」的我，海斗俐落地拉開房間的窗簾，走到廚房，刷洗擱置在流理台裡的餐具。海斗將裝著熱咖啡的馬克杯，遞給頭髮亂七八糟、一身運動服坐在矮桌前的我。

「今天我休假耶。我還想再睡一下耶。」

無視於我說的話，海斗站在和室的玻璃拉門前，大聲地說「今天天氣真好」。

「我說妳啊，休假可不是讓妳用來在這間破房子裡拖拖拉拉的。趕快去換衣服。」

海斗一邊說一邊抓住我的手，硬是把我拉了起來。

「五分鐘內準備好。」

從小學習柔道和劍道、體格壯碩的海斗如魔鬼教官一般地說完後，嘎嘎作響地走過走廊，套上運動鞋，大聲地關上了門。要是讓急性子的海斗等太久，之後的情況只會變得更糟，因此我急急忙忙地打理好，上了車子。

晴天的春日陽光照在我的臉上。眼前的山脈背後是綿延的白雲。平日的上午，無論是通往市公所的大馬路、或是車站前的拱廊，人車都很少而顯得閒散。

「我有東西想買，可以去購物中心嗎？」

「拜託，每次休假都去購物中心，對妳而言那裡難道是世界的中心嗎？」

「因為那裡什麼東西都有嘛。」

「做著和老年人相處的辛苦工作、到了休假就去購物中心、在Uniqlo和無印良品買衣服、喝那個叫什麼星冰樂的、飯也不好好吃，妳啊，這個樣子不行吧。根本就是把人生當兒戲。」

「我這個樣子就很幸福了。」

「我們出生的這個地方，有很多不錯的地方不是嗎。比如說富士山、溫泉、葡萄園，還有富士山、溫泉、葡萄園之類的。」

「就只有這些。」

「這樣就已經夠了——不是嗎？」海斗說著，在風穴的路口轉彎、在被樹海圍繞的道路上持續行駛。只要稍微打開車窗，和市區裡不同的冷空氣便流進車內。

「又要去湖那裡了嗎？不要。我不想去。上次才剛去過不是。」

「從事我們這種工作的人，不這樣釋放壓力是不行的。頭腦會變得不清楚喔。」

曾經隸屬於童軍團的海斗，喜愛大自然中的生活，交往的時候三天兩頭就帶我去露營。雖然我總是抱怨討厭昆蟲所以不想去，但在爺爺過世、怎麼樣也睡不著的那段時期，只有在帳篷裡窩進睡袋、和海斗如毛毛蟲一般地依偎著的時候，我才能夠熟睡。

「郊遊——郊遊——」唱著瞎編的歌，海斗突然加快了車速。不要開這麼快。我這麼一說，海斗露出傻眼的表情、降低了速度。突然覺得從微微打開的車窗吹進來的風有點冷，我急忙將車窗關上。

在我即將上幼稚園的時候，父母親拋下了我，從這個世界上消失了。

母親開車載著獨自一人在東京工作的父親，為了我的生日特地返家的途中。由於車速過快，在因濃霧而視線不佳的路上翻覆，車子起火燃燒。父母親為我準備，用紅色的包裝紙包裝的生日禮物，據說掉落在事故現場的路旁。我還記得在火葬場告訴我這件事情的遠房親戚的阿姨，被爺爺狠狠地怒斥了一頓。

儘管模糊，關於父母親的記憶俯拾皆是，看著父親和母親抱著我而微笑的相片，也會感到寂寞。不過，爺爺給了我更甚於那些的關愛，讓我無憂無慮的長大。所以，為了回報，我選擇了看護這條路。

在專門學校時期，海斗是我最要好的男性朋友。畢業後當幾年看護，成為照護管理人（Care Manager），然後存錢上大學，成為社會福祉士，海斗重複地對我說著他的夢想。如果我上了大學，成為社會福祉士的話，之後妳也去上大學。到那個時候我會支持妳的。雖然沒有說出「結婚」這兩個字，但海斗說的未來，對我來說未免太遙遠，也太沉重。我很清楚海斗對我懷有好感，卻持續閃躲著他的心意。

我自行投入海斗的懷抱，是在去年冬天。

工作結束回到家，發現坐在矮桌前的爺爺已經變得冰冷。矮桌上我準備的早餐完好如初。空的飯碗，僵硬成飯碗形狀的白飯散落在地板上。一個人料理守夜和喪禮，度過繃緊神經的時期之後，也感覺不到飢餓了。只要想起僵硬的白飯，便逐漸地失去食欲。為了日漸消瘦的我，海斗用生疏的手藝下廚，說著「妳和妳的名字一樣，真的好像雛②」，同時如成鳥餵食幼鳥一般、用湯匙一點一點地餵我吃飯。對於明明不是家人，卻在大小事情上照顧我的海斗，我心中滿是愧疚。雖然我的心意沒有任何轉變，當體重逐漸回復時，我對海斗說「想要和你在一起」。然而，分手也是我提的。生平第一次，我覺得自己是最差勁且最壞的人。

「喝這個吧。」

鋁杯裡裝著用Coleman瓦斯爐煮沸的熱水所沖泡的即溶咖啡。湖泊西方盡頭的岸邊渺無人跡。沒有在使用的小船被反轉、排列在岸邊。眼前的富士山比在市區裡看到的更大，隔著一條道路的對面是廣闊的原生林。

海斗把便當攤在不知道從何時被放置在岸邊，逐漸腐朽的木桌上。好幾個包在鋁箔紙裡的飯糰。保鮮盒裡塞滿焦掉的玉子燒、切成章魚形狀的香腸、以鹽巴搓揉入味的小黃瓜。

「好吃嗎？」眨眼間吃掉一個飯糰的海斗問。

「有點鹹耶。」

咬著飯糰頂端的我這麼一說，海斗一邊說「妳還是一樣很愛抱怨呢」，同時大口地喝著寶特瓶裡的水。

「至少要好好地吃飯。」

海斗用手抓起章魚香腸丟進嘴裡，發出「嗯」的聲音伸展身體、同時站了起來。結實的肩膀、壯碩的背部。我的手擁抱著那個背部，已經是很久以前的事情了。

「對不起。」

「不要說什麼對不起。」海斗一邊說，同時像是在洗頭似地用雙手把自己的短髮弄得亂七八糟。

「我也很纏人對吧。連我自己也這麼覺得。」

海斗背對著我、再次朝著富士山的方向。今天的富士山上沒有雲，總覺得這種時

②日奈的日文發音與雛相同。

候的富士山看起來比平常更具氣勢。如果湖泊呈現鏡面，可以看見富士山的倒影，但今天有些風浪，湖泊表面餘波盪漾。應該是從原生林吹來的強風所導致的。

星期二是每週兩次的沐浴日。與前輩綠川小姐一同協助二十位被照護者進行沐浴。結束的時候滿身是汗。綠川小姐不知道是不是因為一直有毛病的腰部不舒服，從剛才開始就板著一張臉。

對於身體無法自由行動的人，先幫他沖水，用洗潤合一的洗髮精洗頭，洗完全身後，再清洗陰部和臀部。有些時候會看見被照護者的性器官。看到那些像是放太久乾掉的蔬菜一樣的性器官時，便會不禁想起宮澤先生堅挺的性器官，子宮深處如抽筋一般地收縮。

說了「可以讓我為妳割草嗎？」的宮澤先生，一個禮拜後真的帶著割草鐮刀來到我家。戴上手套，穿著長靴，頭上綁著毛巾，跪在庭院裡開始割草。我說「我也來幫忙」，宮澤先生卻笑著說「不要剝奪了我的樂趣」。我一邊打掃和洗衣服，同時不時地看著庭院裡的宮澤先生。宮澤先生用專注而認真的表情揮舞著鐮刀。庭院裡有個活生生的人，還真是一件新鮮事。而且因為是宮澤先生，讓我更加地開心。過了下午三點，在我去問宮澤先生要不要喝口茶的時候。

「那個角落有個花壇吧。」宮澤先生指著生鏽的門扉說。庭院裡浮現強烈的草的味道。

「那是爺爺做的。不過，爺爺死後我就沒有再動過它了。」

曾種植著天竺葵、金盞花和鼠尾草的花壇，如今一片荒蕪。

「把庭院整理乾淨，在那裡種點什麼應該還滿不錯的。」宮澤先生一邊說，同時用長袖襯衫的袖子擦拭額頭上的汗水。

「宮澤先生喜歡割草？」聽到我這麼問，宮澤先生回過頭來。

「這還是妳第一次問我問題。」

如果不是我會錯意的話，宮澤先生的表情看起來似乎有些高興。對此我也覺得開心，於是問了許多問題。我有好多想要知道的事情。宮澤先生比我大七歲、住在叫做中野的地方，他說。不過，我最想要知道的事情卻問不出口。宮澤先生有女朋友，或是老婆嗎。

我一邊把水倒進茶壺，同時從廚房偷看宮澤先生。

宮澤先生站在和室中央，環視著房間內部。鴨居③上爺爺和父母親的相片、角落的小佛壇、咖啡色茶櫃、圓形矮桌、映像管電視。宮澤先生興致勃勃地看著房間裡各種保持在爺爺壯年時期狀態的物品。

當我端著擺上茶杯的茶盆走進和室的時候，宮澤先生對我說：

「妳的雙親是什麼時候過世的？」

「在我上幼稚園之前。所以，也沒什麼印象。」

「可以讓我上炷香嗎？」

我點頭，宮澤先生正坐在佛壇前，用打火機點上蠟燭，並且點燃線香。挺直腰桿，面向佛壇合掌的宮澤先生的手背上所浮出的血管，我也記憶下來了。

宮澤先生坐在電視機前面，那個曾是爺爺喝茶的固定位置時，卻絲毫沒有格格不入的感覺，真是不可思議。因為，當海斗坐在那裡的時候，在時間靜止的這個家中，只有海斗看起來像個全身充滿著繽紛色彩的異類。

在那之後，宮澤先生大概每隔兩個禮拜會過來割草，然後回東京。宮澤先生打聽我的休假，我避開了與海斗的休假重疊的日子，把在那之外的時間告訴了宮澤先生。「如果妳有了男朋友，我就不會見妳，也不會去妳家。」雖然海斗這麼說過，不過宮澤先生是不是我的男朋友，我也無法判斷。雖然我的休假不規律，但即便是平日宮澤先生也會過來。

「宮澤先生的工作不要緊嗎？」我問。

「目前是不怎麼忙碌的時期。而且來這裡可以轉換心情。」宮澤先生說的時候沒有看著我的眼睛。

自從宮澤先生開始過來，季節的變遷似乎加快了。櫻花綻放、凋謝、新綠萌發的

---

③鴨居：和室的門及窗戶附有溝槽的木板。

季節轉眼過去，馬上就是梅雨季節。

我在廚房刷著瓦斯爐。我似乎聽到宮澤先生的聲音，走到外廊一看，只見宮澤先生用毛巾捆著左手，小聲地說著「搞砸了」。

毛巾上滲著鮮紅的血。打開毛巾，鮮血彷彿隨著脈動，從左手食指的指尖湧出。我從藥箱取出紗布，用力壓在傷口上，宮澤先生不禁皺起了眉頭。壓了一段時間之後，用大大的OK繃稍微貼得緊一些。從山那裡傳來如山雀一般甜美的鳴囀。不經意抬頭，宮澤先生的臉近在眼前。宮澤先生用右手的大拇指溫柔地撫摸我的臉頰，然後宮澤先生臉歪向一邊，把嘴唇湊了上來。

因為左手受了傷不方便，我脫下宮澤先生的牛仔褲，再脫去自己的衣服。有一股大汗淋漓的男人的味道。宮澤先生吻遍我全身，嘴唇、舌頭、手指、手心，如同用羽毛撢子輕撫一般地碰觸我。我的男性經驗只有海斗。我一直以為性愛就是肉與肉之間的相互撞擊。我從來沒有這樣子被碰觸過。

酥麻地湧出的快感從脊椎下方傳到脖子附近。胸部的突起、雙腳之間的突起等想要更多、更強烈地碰觸的地方，宮澤先生好像故意迴避著。雖然覺得被欺負，但我希望宮澤先生再深入一點。雙腿不自覺地緊閉、相互摩擦的左右大腿之間傳來淫穢的聲音。我發現自己早已濕透至大腿附近，羞恥地想哭。宮澤先生的舌頭從胸部之間移動到了肚臍下方。宮澤先生把我的雙腿大大地打開，發出聲音地吸吮。身體像弓一樣的彎曲。先是舌頭，然後是手指，最後，宮澤先生放了進來。我的體內彷彿退潮般地接受了宮澤先生。「手指陣陣刺痛呢。」宮澤先生看著我的眼睛笑著說。

好一陣子，宮澤先生就這樣溫柔地撫摸著我的頭。雖然這種時候這樣想很奇怪，但不知道為什麼，我想起了爺爺。乖孩子、乖孩子。日奈是個乖孩子。宮澤先生進到接近極限的深處。每當身體緩慢地被搖晃的時候，很舒服、很想哭的情緒同時湧現，讓我不知如何是好。從我口中發出的聲音，究竟是喘息聲還是哭聲，連我自己也搞不清楚。

指尖筋疲力盡地打開，滿是皺紋的爺爺的手。那雙手為我做的，些許焦掉的鬆餅。抹在頭髮上，名為TIQUE的造型品的香味。我想起了這些，眼淚不禁滑落。緊緊抱住我的脖子之後，宮澤先生起身，把我放在腿上。下方不斷地被往上頂，我感覺到如同溫水一般的東西從我的體內傾洩而出。我從來沒有想過自己的身體會發生這種事情，於是吃驚地看著宮澤先生。宮澤先生不發一語，舔去了我的淚水。我們對視著，宮澤先生搖擺我的身體。彷彿攪拌著我的體內一樣，每當宮澤先生一動，溫暖的水就會滿溢。或許那和眼淚是相同性質的東西也說不定。

宮澤先生割草、與我做愛、在天亮之前回東京。由於沒有特別灑上根絕雜草的除草劑，無論宮澤先生再怎麼割草，庭院裡的雜草都會在下次來之前長回來。然後宮澤先生再割那些草。明明早就已經不需要割草這樣的藉口，但宮澤先生還是揮舞著鐮刀。

從宮澤先生開始來找我約莫兩個月過後，我的手機開始頻繁地接到未顯示號碼的來電。只要我一接，電話就會馬上掛掉。我想對方應該是與宮澤先生相關的某個人吧。

第二次見面的時候，只要再見一次就滿足了，當時我是這麼想的。第三次見面的時候，只要草割完了就見不到宮澤先生了，我這麼說服自己。第六次見面、第一次做愛的時候，宮澤先生應該有女朋友或老婆才對，必須就此打住，我在心底發誓。我以為自己隨時都可以離開宮澤先生。但是，原本以為自己隨時都可以捨棄，卻像是上癮的毒藥，越來越離不開宮澤先生。

第九次見面後要分開的早上，我對著正要上車的宮澤先生問。正當我開口說「女朋友」的時候、宮澤先生也同時開口，以至於我沒聽見宮澤先生說了什麼。彷彿像是在說「您先請」一樣，宮澤先生對我伸出手心。

「……宮澤先生有女朋友，或是老婆嗎？」

「……有過老婆。……前陣子為止還住在一起。現在沒有。」宮澤先生一邊說，一邊繫上安全帶，發動引擎。對於宮澤先生說的話，我應該感到高興，還是難過，我猶豫著自己的心情該傾向於哪一種。因為草的關係，右腳的腳踝直發癢。我一邊用手抓著那個地方一邊說：

「剛剛宮澤先生也正要跟我說些什麼吧？」

「我在想，妳要不要來東京看看呢。」

天剛亮的六月的空氣涼涼的。我把披在T恤上的羊毛衫拉緊。

「……我不是太喜歡擁擠的地方。」

「我也總覺得妳會這樣回答。」

宮澤先生的笑容看起來有種安心的樣子。一邊說著「再見」，一邊砰地關上車門，揚起碎石的同時，宮澤先生的車子開下山路。我回頭望向庭院。剛剛被鐮刀割過的雜草的切口，不知道為什麼讓人感到十分地於心不忍。

過了一會兒，從背後傳來機車的喇叭聲。往聲音的方向一看，舉著護目鏡，把半罩式安全帽從頭上拔下來，滿臉通紅的海斗往這裡走了過來。

「剛剛在那裡遇到了。那傢伙、就是那個人吧。之前的那個。」

「為什麼這麼早就過來了？」我問。

「他從什麼時候開始過來的。你們在交往嗎？」

沒有回答我的問題，海斗說。

「沒有在交往。」

「那麼到底是怎樣。」

我背對海斗，越過庭院，往玄關門的方向走去。海斗跟著我一起進了屋內。海斗粗暴地穿過走廊，跟在我的身後。海斗碰地一聲將白色塑膠袋丟在廚房的桌子上，我看見裡面有雞蛋、培根和柳橙汁。

「妳什麼都不知道嗎？採訪我們的人，那個人，就是宮澤先生的老婆喔。」

啊！那個人啊。我幾乎要聽見按下原子筆的喀嚓聲。

「他們已經沒有住在一起了。」

「妳是白癡嗎。居然相信那種謊話。那為什麼一大早就要回去呢。」

「因為他的工作很忙。」

唉，海斗嘆氣的同時轉向旁邊，看著拉門開著沒關的我的房間。毛毯、被子和浴巾在床上糾結成一團。

「只是來打炮的吧。就是炮友而已嘛。哇塞，真、噁、心。」

想要打海斗左臉頰的我的右手，被海斗抓住。想要打右臉頰的左手也被抓住了。

「他不像海斗這麼粗魯。總是溫柔地對我。他真的對我很溫柔。」

抓著我兩隻手腕，海斗注視著我的臉。話一說出口我便明白深深地傷害了海斗，但當我從海斗的表情，感受到在隨時要爆發的憤怒的深處裡的一絲可憐時，突然為自己所說的話感到羞恥。

海斗鬆開了我的手，一句話也沒說就走了。

雖然睡不著，但我想要躺下來。從窗簾的縫隙透進來的陽光，照在床上的那團布上。胡亂地扯下床單，連同浴巾裹成一團，放進洗衣機裡。洗衣槽裡，我看見向右、向左旋轉的藍色床單，和綠色的浴巾。如果可以的話，我也想進去裡面，試著將我身上的髒汙清洗乾淨。

「今晚要是個寧靜的夜晚就太好了。」

綠川小姐寫著排泄紀錄、同時用帶著睏意的聲音說。兩個人換完將近五十個人的尿布後，喝著綠川小姐在家裡沖好帶來的咖啡。綠川小姐坐在椅子上，用手摩擦著腰部。

「腰，很痛嗎？」

「有一點。職業病也沒辦法。日奈也要注意。」

前輩綠川小姐原本是家庭主婦，離婚後帶著孩子回到老家，重回校園而成為看護。我剛到這個中心工作的時候，徹底地受到綠川小姐的嚴格教育。雖然生起氣來很可怕，但從不說人壞話或是抱怨工作，大小事情都願意與我商量的綠川小姐，和她一起上大夜班，對我來說是件快樂的事。雖然向她說過與海斗的戀情告終，卻從未提起過宮澤先生的事情。

「前男友還有去找妳嗎？」

「每次都突然跑來。看我有沒有吃飯。」

「還真是被疼愛著呢。趕快結婚然後多生幾個孩子吧。」見我沉默不語，「像是日奈這麼年輕又可愛的話，一定覺得不管什麼時候都會有男人說喜歡妳吧。但要是一直挑剔下去，時間不知不覺流逝，就會變成和我一樣喔。也是啦，趕快結婚，被我這種離了婚的人說也沒有什麼說服力是吧。」

綠川小姐哈哈地笑著說道，然後再度用手摩擦著腰部。

辦公室的櫃台前面好像有人走了過去，我抬起頭。「唉呀，是本多太太啊。」綠川小姐說。是個患有失智症的老奶奶。有時，一到了半夜，就會跑出房間，在中心裡徘徊。當我站起來時，「我也去吧。今天不知道為什麼睏到不行，順便清醒一下。」綠川小姐也站了起來。

綠川小姐靠近，叫了一聲「本多太太」。

「啊，太好了。能在這裡遇到如此親切的人。」

本多太太的眼神發亮，抓著綠川小姐的手。

「我啊，再不快點不行呢。敬一先生正在等著我呢。就在新宿的二幸門口。可是，我卻迷路了……」

「我帶您到二幸的門口去。」綠川小姐說。

「謝謝您這麼親切。幫了我一個大忙。」

本多太太如同少女般地說，然後大步向前走。

「二幸……是什麼啊？」

我追著綠川小姐的背影，小聲地問。

「有一棟叫做ALTA的建築物。那裡以前有間食品的百貨。院長是這樣說的。」綠川小姐在我耳邊說。

本多太太一邊打量著四周一邊往前走。緊急出口的綠色燈光反射在油氈地板上。唧、唧，陰暗的走廊上，只有三人的腳步聲。在走廊上來回了幾次後，綠川小姐見時機成熟，於是說「本多太太，就是這裡喔。」本多太太便乖乖往自己的房間走去。

「幸好今天只來回了三次。」綠川小姐說著。被明亮的燈光刺得眨眼，從紅色蘇格蘭格紋的保溫瓶，將咖啡倒進我的馬克杯中。

「敬一先生是什麼人呢？」

「我也曾因為在意而查看了紀錄，不過本多太太的先生的名字不是敬一。或許是過往的情人吧。」

綠川小姐喝了一口咖啡後說。

「一定是難以忘懷的回憶吧。我有時也會不經意地提到以前的男人。」

「比如說離了婚的老公之類的。」

「那個絕對不可能！」

正當綠川小姐笑著，從櫃台的另一邊小聲地傳來「那個、不好意思。」。是本多太太。「我去吧。」我制止正要起身的綠川小姐，走出了辦公室。

本多太太用比剛才更快的速度開始走著。

「要遲到了。敬一先生正在等我。該怎麼辦才好。」

本多太太回過頭，以一種不安的表情看著我說。我走到本多太太身旁，抱著她窄窄的肩膀說：

「沒問題。來得及的。」

「敬一先生……」本多太太撥開我的手，用快要哭出來的聲音說。即便我說「本多太太，一定來得及的。」她卻充耳不聞地走向走廊。我小跑步追著本多太太。「敬一先生…」哀傷的聲音迴盪在走廊裡。

活著的時候懷抱著不值一文的回憶，那些回憶如同肥皂泡泡破掉般一個一個消逝，到那個時候我會呼喚著誰的名字呢。看著本多太太嬌小蜷曲的背影，我想起了在那間居酒屋的玄關看到的宮澤先生的背影。距離宮澤先生上一次來我家，已經過了一個月以上。梅雨結束，已經接近七月的尾聲。

「妳瞧，東京的天空。」

行駛在八王子交流道上，過了大分時，海斗指著眼前的天空說。

離家時還是濃郁藍色的夏季天空，隨著都心越來越近，逐漸地變白且混濁。繼續向前，可能是受到光化學煙霧的影響，高速公路前方的市區上方籠罩著一個彷彿灰色巨蛋般的物體。

「每天吸進這麼髒的空氣，性格絕對會越來越扭曲。」

海斗自顧自地說。

宮澤先生的公司似乎撐不下去了。面對現今的不景氣，那種行業也很難做。研習會後的聚餐時，校長先生說。在聽到那些話後陷入沉默的我，桌子對面的海斗全看在眼裡。

「我打了採訪的時候拿到的名片上面的電話。他說今天中午的話會在。」

海斗如此說道。上完大夜班後，在海斗的強迫之下上了車。週日上午，不知道是不是要去遊玩，開往東京的車子比我想像中還要多。下了高速公路，行駛幹道北上，往市中心前進。

「在那裡。」

海斗抬頭，指著一棟建在路邊的大樓。宮澤先生的公司所在的大樓，是和我想像中完全不同的老舊建築物，一樓的藥妝店將各種商品陳列在門外。我在這裡等妳。留下說了這句話的海斗，我下了車。

只要兩、三個大人乘坐便客滿的電梯，發出喀噠喀噠的聲音，花了點時間抵達了三樓。我走過ㄈ字型的綿延走廊。各個房間門前放著自行車和保麗龍的箱子，面對走廊的窗戶鐵窗上掛著塑膠雨傘。我按下302室的門鈴。門打開，宮澤先生說了聲「請進」，招呼我進去。和最後一次見面時相比，宮澤先生似乎瘦了。三坪大小的辦公空間裡一個人也沒有，空空蕩蕩的。房間角落，電腦直接放在地毯上，打開著的紙箱裡塞著資料夾和文件之類的東西。宮澤先生讓我坐在窗邊的折疊椅上，遞給我一罐可可飲料。

「對不起，一直沒和妳連絡。公司這裡，有很多事情。……已經沒救了。」

隔著些許距離，宮澤先生站在窗邊，喝著罐裝咖啡說。

「那孩子打電話給我。如果沒有要再和日奈見面，就應該清楚地做個了斷，他說。非常有氣勢呢。」從百葉窗打開的窗戶，可以看見東京都廳。

「真是個好傢伙呢，那孩子。」

和從太近的距離看到的富士山一樣，眼前的東京都廳不太真實，看起來就像是紙房子。

「最初覺得日奈看起來好像很孤單的樣子。……也許是我多管閒事，但我想成為日奈的力量。然後，我的公司走投無路，說真的，好幾次心想在去日奈家之前，到樹海上吊算了。……可是，只要到日奈家割草，只要看見日奈。……得到力量的反而是我。」不知道從哪裡傳來直升機啪噠啪噠的聲音。

「對於日奈你們的工作也是，製作那個手冊的時候，老實說有些瞧不起。在東京工作，便以為這裡是世界的中心……或許是太過於得意，所以得到報應了吧。腳踏實地生活的日奈你們，其實才更加地、更加地……」

「我們不能再見面了嗎？」

我打斷宮澤先生的話，低著頭說。直升機的聲音已遠離。我聽見宮澤先生喝罐裝咖啡的聲音。

「有那孩子在妳身邊的話，就沒有問題了。」宮澤先生完全沒有回答到我的問題。

我再次看向窗外。我無法想像，許許多多的人正在那個不真實的都廳建築物裡上班。

「我愛過宮澤先生。宮澤先生是我人生中第一個愛上的人。」

我像是擠出來般的說。宮澤先生走了過來，把手放在我的頭上。我閉上眼睛。我愛你，這句話我從來沒有對任何人說過。愛過你，這句話也是有生以來第一次說出口。

「再見。要保重喔。」

聲音從頭頂傳來。我微微睜開眼睛，看見了宮澤先生的腳。和第二次見面的時候一樣，宮澤先生穿著擦得光亮的皮鞋。要是看了宮澤先生的臉，不知道自己會變成怎樣，因此我在眼神沒有交會之下行了禮，從宮澤先生工作的地方奪門而出。

宮澤先生不再過來之後，庭院裡的雜草在仲夏的陽光照射下持續生長。

某天，海斗帶來了電動割草機，開始割庭院裡的雜草。有時，旋轉的銀色刀片反射陽光，映入站在走道上呆滯地眺望庭院的我的眼簾。像蟋蟀一樣跳著的昆蟲，慌張地從變短的雜草之間跳走。

「這什麼鬼啊！」

海斗用手指捏起彷彿在地面上爬行般延伸的藤蔓。跟著它往前，藤蔓一路延續到庭院盡頭的花壇。由於海斗試圖拉扯那些藤蔓，「不可以」我大聲地叫。我穿上涼鞋走了過去，發現沒有地方可以纏繞的藤蔓，痛苦地纏繞著自己。藤蔓上不時可見透著淡紅色的牽牛花花蕾。說不定是宮澤先生播下的種子，我想。不過也許只是我想要那樣去想。「不要拔掉」聽我這麼一說，「那可得幫它弄個支架才行」海斗交互看著我和握在手上的藤蔓說。

自從那天起，海斗又開始疼愛我了。帶我去我想去的地方，讓我吃我想吃的東西。

我和海斗並肩走在平日白天的購物中心裡。由於是暑假，有許多人來這裡打發時間。走著走著，塞滿了全新的雜貨、觸感良好的衣服，不在這裡而在某個地方被製作出來的新商品的空間卻開始令人窒息。本來想買些沒有必要、無聊的小東西讓心情好轉，卻發現想要的東西並不在這裡。「我們去湖邊吧。」當我對海斗說：「哇，真稀奇。啊，這樣子啊，不過，對於治療心痛或許是不錯的方法。」停下腳步，海斗看著我的臉說。

湖泊的對面是沒有雪的富士山。

來烤肉和露營的人讓岸邊顯得十分熱鬧。稍微遠離人多的地方，海斗把車子停在樹蔭下。海斗取出並攤開一直擺在車子裡的遮陽板。

「妳在這裡睡一下吧。我呢，到那附近走走。」海斗說完便往湖岸走去。

聽著拍打湖岸、微弱的波浪聲，在淺淺的睡眠裡做了幾個夢之後馬上醒來，然後，再度昏沉沉地回到夢裡。半夢半醒間，一個又一個想起我所記住的，宮澤先生的身體的某個部分。背部、下巴的線條、位於左耳後方的痣、浮在手背上的血管。嘴唇的柔軟、舌頭的溫熱、進入我身體時的那種壓迫感。可是，那些記憶總有一天也一定會消失不見。感覺到有人在呼喚我，睜開眼睛，與看著我的臉的海斗四目相接。

「妳到底做了什麼夢。不要隨便發出猥褻的聲音好嗎？真是夠了。」海斗一邊說一邊背對著我，在我旁邊躺下。我把兩隻手往頭頂伸、仰頭往外面看，看見了被夕陽染紅的富士山的倒影。我看見了一艘獨木舟朝著那裡前進。來自於獨木舟的波浪將鏡子般的湖面剖成兩半。

「我愛妳。」我聽見海斗的聲音。我側身，看著海斗的背部。

「我會在妳身邊。」我伸手觸摸如此說道的海斗的肩膀。我抱著白色襯衫被汗水淋濕，比稱作溫暖還要熱的海斗的身體。背對著我，海斗把自己的手放到我的手上。再一次，往外面看，湖面上映照著染上黃昏的橘色和淡紫色的天空。海斗的手握緊了我的手。

「我不會放手的。」我把額頭貼在如此說著的海斗寬闊的背上。夏天尾聲的寧靜夜晚逐漸降臨。

森林的果凍

「如果妳真的要這樣，我就和我老爸一樣去樹海上吊。」

當我說出這句話的瞬間，日奈的眼中失去了光輝。彷彿突然進入了隧道似的。只要我這麼說，日奈便陷入沉默。雖然我也不想像個小孩一樣說些撒嬌任性的話，但我不想和日奈分手。

日奈放鬆雙腿、坐在圓形矮桌的對面。剛洗完澡的頭髮還沒有全乾。毛巾掛在脖子上，卸了妝的臉鐵青著。

矮桌上有三罐我剛剛買回來的罐裝啤酒的空罐子。日奈一口也沒喝。全部都是我喝的。

時間是子夜。掛鐘發出規律的聲響。

與日奈之間從第一次談到分手，已經過了兩個月。

「我想要和海斗分手。」

「不要。」

「我覺得窒息。」

「絕對不會分手。」

每次見面，都是這種對話。

日奈不再看著我笑，也不再主動與我眼神交會。

說到底，我們的工作時段和休假日不同，總是錯身而過。

雖然晚上兩個人會依偎在小小的單人床上睡覺，但是當我睡醒時，日奈大多已經出門上班，有時候是我為了不吵醒正在睡覺的日奈，天還沒亮就從床上抽身準備出門。

只要我一開口，日奈的身體的某個地方就會開始緊張。日奈是不是覺得我很可怕呢。可是，就連我自己，面對這種對於日奈的執著，也不知道如何是好。

我壓在一言不發的日奈身上。

日奈的身體被我的身體完全地覆蓋。日奈試圖用手掌推我的胸口，但即使那樣做也沒有任何意義。骨密度高的粗骨頭，不易變形的肌肉會阻擋回去。如同施展柔道技一樣，我把體重施加於日奈扭曲的身體上，一把抓住日奈左右手的手腕，舉到日奈的頭頂上。當我試圖把嘴唇貼近，日奈便「哼」地一聲別過臉去。我克制住差一點就要用舌頭發出的「咕」，用左手掀開日奈的T恤。把發出喀喳喀喳的怪聲音的運動褲和內褲同時脫下。

明明還不夠濕，卻沒有以前那種被推回來的壓迫感，就這樣被壓倒性的柔軟所包覆。我看著日奈緊閉雙眼，皺著眉頭，拚命忍耐的臉。媽的，我一邊想著，一邊動著腰，不久我開始感覺到有某種東西從日奈的體內湧出。交合的地方發出了聲音。日奈用手摀住了嘴巴。

即便和想要離開、想要分手的男人做愛，仍然想要叫出聲音，但又拚命忍耐著。看到這樣的日奈，就有種更加離不開她的心情。而且，更加地憎恨那個只是玩玩日奈，叫做宮澤的男人。

與宮澤先生見面之前和之後，日奈的身體完全不同。

想起了小時候，因寒冷而變硬的軟橡皮擦。在手中加溫、加以把玩之間，彷彿手的熱度傳了過去一般，變得柔軟、軟綿綿的那個。現在的日奈的身體就和那個一樣。讓它變柔軟的是宮澤先生，而我執著於那柔軟的東西。

我粗暴地掰開摀住嘴巴的手心。

日奈在吐氣的同時發出含混不清的聲音，我也同時射了。

當我仰臥在榻榻米上調整呼吸時，日奈像小兔子逃跑似地跑進了浴室。隱約傳來哭泣的聲音。水聲、塑膠的浴室椅子撞擊磁磚地板的聲音。

趁現在，我心想，同時翻找日奈的日用包口袋。觸碰到位於深處的冰冷四方形物品。拿出手機，解除螢幕鎖定。日奈的祖父忌日。從密碼沒有變更過這一點，看來日奈應該沒有發現。手機裡有三則簡訊。來自經常傳簡訊給日奈的公司同事。日奈都還未讀。繼續找其他的簡訊。已讀的簡訊。即使混雜在許多簡訊之中，來自宮澤先生的簡訊，對我而言就像是塗上了螢光塗料一樣地醒目。

〈**托日奈的福，順利簽約了。謝謝。期待二十五號。**〉

浴室的門打開的聲音傳來。

我急忙將手機放回原來的地方。日奈一言不發地進到起居室來。

「明天一大早得出門。我呢，今天就睡在這裡好了。」

我一邊說一邊將被壓扁的坐墊對折作為枕頭，躺在榻榻米上。日奈從隔壁的寢室拿來薄被，蓋在我身上。

「謝謝。」

像是要抹去這句話一樣，日奈拉了從天花板上垂下來的電燈開關拉繩。好一陣子，日奈就站在我的身邊，一句話也沒有說。

「對不起。」我對著往寢室走去的日奈說。

日奈一言不發地關上拉門。

為什麼會變成這個樣子，當我一開始想，就又睡不著了。

兩年前，名叫宮澤的編輯工作室的男人來到這裡。為了製作日奈和我畢業的看護福祉專門學校的手冊。是個從事名為設計師的半吊子生意的輕浮男人。我和日奈在各自的工作地點，被那些傢伙們強迫拍下笑臉的照片，以「希望可以聽聽您的故事」進行了採訪。明明只有這樣，但不知從何時，如同介入我和日奈之間一樣，那個傢伙有了一席之地，開始到日奈家來，和日奈上床。好幾次。好幾次。當時，那個傢伙是有老婆的。就是採訪我們的那個醜女。

現在，我在這個家和日奈生活著。

由於不想看見日漸委靡的父親，所以越來越無法在老家待下去，這也是其中一個原因。日奈和那個傢伙分手後，和爺爺過世的時候一樣食不下嚥、整個瘦了一圈。起初是為了讓日奈好好吃飯而來到這裡，但卻在沒有得到日奈的同意之下，開始在這裡生活。而對此日奈什麼話也沒說。

今年過完新年左右，日奈的態度開始變得見外。

和宮澤先生保持著簡訊聯絡的事情，日奈到現在都瞞著我。是我偷看了日奈的手機才得知這件事。日奈會說想要和我分手，都是那個傢伙的錯。日奈想要和那個傢伙復合。但是，我不想離開日奈。陷入毫無進展的輪迴裡而動彈不得。

憑藉蠻力強迫日奈做愛，讓日奈受傷、困擾，我也知道自己逐漸變成令人厭惡的男人。可是，我無能為力。我的頭隱隱作痛。就算躺下也無法立刻睡著。最近總是這個樣子。

我翻來覆去。從佛壇傳來線香的味道。留下日奈一個人先走一步的爺爺，想必也憎恨我吧。爺爺，讓我遭遇到可怕的報應也沒關係。黑暗中我睜開眼睛，在心裡嘀咕著。

掛鐘緩緩地響了兩聲，然後再度回到規律的聲音。我把臉埋進有著日奈味道的棉被裡。

隔天早上，當我醒來時，日奈早已出門上班。

矮桌上有一張便條紙。

「昨天的事情，希望你再好好考慮一下。」

我把便條紙揉成一團，丟進垃圾桶。把用來抽取剩餘洗澡水的水管放進浴缸之後，打開現在已經很罕見的雙槽式洗衣機。

回到起居室，在榻榻米地板上打開雙腳、開始拉筋。最近時不時會腰痛。可以說是看護這種工作的職業病。充分放鬆了腰部、背和肩膀之後，我用咖啡機煮了咖啡。冒著燙傷的風險，我兩口喝掉了馬克杯裡的咖啡。

我使勁地打開外廊的木框窗戶。想要順順地打開是有訣竅的。

天空中佈滿梅雨季節特有、飽含水分的灰色雲朵，但昨天晚上的氣象預報說中午前就會放晴。我倒在外廊上，眺望著庭院。雖然已經頻繁地割草，但只要一不留神，庭院裡的雜草便肆意生長。心想著要用電動割草機來割草，卻老是一拖再拖。

我從起居室拿來自己的包包、翻開存摺。五十萬、二十萬、十萬、三萬、一萬……三十萬。存到某個程度的金額逐漸地減少。專門學校畢業後的五年，一點一滴存下來的錢，變成了母親的生活費，以及自今年春天開始就讀東京的私立大學的弟弟的學費。

本來打算先成為照護經理人，工作幾年後去上大學，然後成為社會福祉士。然後，讓日奈接著去上大學。專門學校的學長姐夫婦便是那樣輪流去上大學，如今兩個人都以社會福祉士的身分工作。我也想要走同樣的路。那個夢想由於各種原因從我的腳下開始崩塌。無論金錢、還是女人，我都正在失去。

我不經意抬頭看庭院。角落的花壇裡有三根綠色的支架，牽牛花的藤蔓攀附其上。日奈珍惜地留下宮澤先生所種的牽牛花，隔年開了花。然後今年也是。乾脆用火焰噴射器一網打盡把庭院燒個精光。腦中突然浮現這樣的念頭。陽光從雲朵的縫隙間照射下來。聽見通知衣服洗好了的提示聲。

我把手放到臉頰上。還真是粗糙啊，我一邊想一邊緩緩地站起來。

我開車往湖泊去。

明明是期待已久的休假，卻沒有任何想做的事情。日奈和職場那些傢伙總想去的購物中心，讓我感到不耐煩。想去沒有人的地方。沒有人類動靜的地方。

前方或後方都沒有行駛的車輛。把車窗全開、加快車速。以這個季節來說稍微冷了些的風，攪動車內令人窒息的空氣，讓人心情舒暢。

走進湖畔的船屋，只見坐在折疊椅上的雄三伸長了腿，盯著手機看。

「嘿。」

我拍了雄三的肩膀，他以一種「這反應也太誇張了吧」的驚訝表情回頭。

「海斗，你為、為什麼會來。」

「因為休假所以來看看你啊。我說你，幹嘛如此忘我地看著手機啊。」

「啊、就、那個，剛剛在看A片啦。對了，你要不要吃霜淇淋？」

「不要。」

雄三急忙把手機塞進褲子後面的口袋，躲進位於店面後方的廚房，用紙杯從果汁供應機裝了某種果汁，然後一口氣喝光。

「很閒嗎？」

「這種平日、這種天氣的禮拜一，根本不會有客人來搭船的。你自己看。」

雄三說著，同時以手背用力地擦拭著嘴角。如雄三所說，湖面上連一艘船也沒有。雖然岸邊零星可見色彩繽紛的遮陽傘和折疊椅，但所有的人究竟都到哪兒去了呢？一點生氣也沒有。

「要不要請你喝啤酒？」

「不了，我開車。」

「那麼，至少也來杯咖啡。到外頭喝吧。」

說完，雄三便用紙杯從咖啡供應機裝了滿滿的咖啡給我。紙杯燙到幾乎握不住。我用大拇指和食指捏著紙杯，與雄三並肩坐在船屋前的長椅上。眼前是如同背景布幕一般的富士山。因為從小看到大，所以心中連一絲波動也沒有。

雄三是我國中、高中的同學，高中快要畢業的時候讓女友懷孕，是同學中最早當爸爸的人。車站前的柏青哥、商務飯店，以及這間船屋，雄三的父親的事業範圍很廣，而當雄三有了自己的家庭，雄三的父親便把一部分的事業交給了他。

「你老爸怎麼樣了？」

雄三還是喝著可樂。從高中的時候就是那樣。因為覺得苦而無法喝咖啡的男人。放學後手裡總是握著可樂的寶特瓶。或許是因為這樣，雄三的小腹凸到看起來不像是同年。

「還不就那樣。雖然救回來了，但就跟死人沒兩樣。好燙。」

這咖啡是什麼時候泡的呢。煮得太過頭，有夠難喝。而且好燙。

老爸企圖在樹海上吊，是去年年底，再過幾天就要迎接新年時的事。雖然知道居酒屋的生意不好，但也不到要尋死的地步吧，我這麼想而不當一回事。

「你爸爸他、你爸爸他……」母親用窮途末路般的聲音打電話來的時候，我正在職場清理著老爺爺的嘔吐物。「我才想死吧」我這麼想著，揉著上完夜班想睡的眼睛，趕到醫院，只見脖子上有著像是紅黑色的蛇的瘀青、大聲打鼾睡著的老爸。

「還真是辛苦呢……」

不自然地垂下頭、用做作的沉重聲音說話的雄三，那份笨拙的體貼令人發噱。

「雄三的孩子應該長很大了吧。」

十八歲就當爸爸，孩子應該也有八歲了。我試圖想像自己有個八歲的女兒，但沒有成功。

「說到這個，結果，又不小心搞出了第二條人命。」

雄三看似害羞地抓著耳後。

「秋天時會出生。」

「……很好啊。」我這麼說的同時，發現自己完全不覺得這到底有哪裡好。

「小孩這種東西，根本一點好事都沒有。我只覺得自己的人生已經結束了。」

雄三用牙齒喀喀地咬著紙杯的杯緣說著。這是雄三從學生時期就有的怪癖。

「大肚子的女人，真的是太恐怖了。」

「你在說什麼啊。不是自己的老婆嗎。」

「只要她在身邊，一切都太過於震撼了。無論奶子，還是腰，生了小孩之後，就砰地變得巨大。進入穩定期後肚子似乎餓到不行，嘴巴老是大口地咀嚼著。嘴角上黏著餅乾屑……真的是快受不了了。高中的時候明明那麼瘦、那麼可愛的。」

不知是不是強風的緣故，圍繞在富士山山腰的雲朵轉眼間改變。

對於結了婚，生了孩子，工作上也沒有什麼特別煩惱的雄三，我曾經覺得羨慕，但雄三本人卻一點也不覺得幸福快樂。日復一日，一個人打理著除了旺季以外都不賺錢的船屋，這樣的工作其實也滿辛苦的。確實，在這種地方，如果都沒有客人，不看點A片來解悶是不行的。

「我說你，沒打算和女朋友結婚嗎？」

嗯、嗯——，我一邊說一邊伸展身體。腰部的骨頭發出了鈍鈍的聲音。

「等我老爸的事情告一段落之後吧。而且結婚也要花錢。」

「……也是。這種事情不用急著去做喔。」

雄三說，同時將紙杯裡剩下的可樂一飲而盡。

「結婚這種事情就是人生的墳墓。」

雄三扭轉似地將紙杯捏扁、丟進長椅旁的垃圾桶，「我去一下廁所。肚子著涼了。」說完便走進了船屋裡。

不知何時，一艘獨木舟如滑行般在湖面上前進。獨木舟的前方，一隻毛髮十分蓬鬆、咖啡色的狗乖乖地坐著。還有穿著橘色救生衣的男女。是戀人呢？還是夫婦呢？我不禁想著。他們看起來似乎很幸福呢。不，那可不一定。他們說不定一邊划著獨木舟、一邊談著分手，就像昨天的我和日奈一樣。

腦中浮現讓我進入，皺著眉頭拚命忍耐著的日奈的臉。日奈雖然不會抵抗我的汙穢行為，但我有時也會感覺到雄三所說的那種可怕。女人還真是可怕。話雖如此，卻又為什麼去接近女人，愛上女人呢。

由於太陽被雲遮蔽，氣溫好像突然下降了。我把防風外套的拉鍊拉到最頂端，把臉埋了進去。我用自己吐出來的空氣，一點一滴地溫熱變得冰冷的臉頰。

回到家時，日奈還沒有回來。我把洗好曬乾的衣物丟在外廊上，打開電視，走進廚房，從流理台下方的米桶取出兩杯米，倒入銀色的大碗裡。一鼓作氣地加入自來水，輕輕洗了一下然後把水倒掉。然後再重複一次相同的動作。洗米的同時，從電視傳來的新聞讓我豎起了耳朵。

某個地方似乎發生了地震。

揮之不去的記憶。幾個月前，發生大地震的那天，我和日奈都身處在各自的職場。我所在的特別照護養老中心，正好是午後的娛樂時間。大家用巨大氣球打著排球。

正當我放空看著被滿是皺紋的手輕柔地來回拍打著的紅色氣球時，發生了如向上頂起一般的搖晃，而且比預期的持續得還要久。雖然沒有產生東西倒塌或是損壞的災情，但在地震發生之後，無論是吃飯的時間，或是傳訊息給日奈的時間都沒有。原因是有很多因地震而血壓上升、陷入慌亂的被照護者。讓那些人冷靜下來，再把要回自己家裡去的被照護者全數送回家。筋疲力盡，不曉得是空腹還是胃不舒服，回到家中，只見日奈正在哭泣。

「地震滿恐怖的。妳沒事吧？」

日奈不發一語，無聲地流著眼淚。

日奈很討厭地震。應該十分害怕吧，我想。那天，兩個人提早上床睡覺。正當我在半夢半醒之間，卻因為日奈的啜泣聲而醒了過來。原本兩個人背對背睡在狹窄的床上，我轉身面向日奈，將日奈的身子翻過來，抱緊日奈。日奈如同剛出生的雛鳥般的小小身軀微微顫抖著。

「沒事。沒事的。」

我像是說給小孩子聽似的輕聲呢喃。我的鎖骨附近感受到日奈溫暖的氣息。我輕輕地撫摸她的頭髮。

「今天的地震震央……在那個城市。」

「誰？」

「……」

「誰在那裡？」

「……宮澤先生。」

自從那件事情以來，日奈頭一次在我面前說出那個名字。在我的懷裡。

「……妳怎麼知道？」

我感覺得到我的聲音中的尖銳讓日奈的身體變得僵硬。

「……臉、臉書上……」

日奈居然有在用這種東西，我到現在才知道。這句話到底是真的還是假的。確認是真是假的本身也很可怕。

「……那傢伙，在那種地方做什麼。」

「……影印機的業務。」

聽到那句話的瞬間，報應，我心想。不是設計師嗎。誰叫你一直自以為高尚地瞧不起我們和我們的工作。

當我的心境不停變化時，日奈在我的懷裡一邊擤鼻子一邊哭泣。

「手機打不通……」

關我屁事，這句話差一點就脫口而出。在此之前，我並不知道她和宮澤保持著連絡。

「我說妳啊……」

日奈在黑暗之中抬起頭，看著我的臉。妳還愛著那個傢伙嗎？下一句台詞哽在我的喉嚨裡。我害怕聽到日奈的答案。

那天晚上，我吞下了所有想說的話，如同唸咒語般地重複著「一定會沒事的」，不斷輕撫著日奈的背，直到聽見她睡著的鼻息。

在那之後，不知道是否和宮澤先生聯繫上了，在我面前日奈完全沒有再提到宮澤的名字。也是從那個時候，我開始會偷看日奈的手機。

如果想和我分手，只要把宮澤的名字搬出來就行。雖然我這麼想，但日奈沒有那麼做。這一點令我無法理解。唰地一聲，水從碗裡溢了出來。我急忙關上水龍頭。如果明白日奈的心不在我身上，分手是比較好的。可是，當日奈提出分手，我卻無論如何都無法點頭同意。

不管如何地被討厭，無論經過多久、我都想像現在這樣子，在日奈的爺爺曾經居住過，這個老舊的房子裡，和日奈在一起。

今天是負責「中介」的日子。協助脫去衣物、負責浴室外的工作稱為「外介」。而「中介」則是負責浴室內的工作。今天要沐浴的，是某種程度上身體尚可自由活動的男性被照護者，因此只需協助那個人有困難的地方。用洗髮精洗頭，用蓮蓬頭沖乾淨，再用沾上沐浴乳的毛巾材質手套刷洗身體。

中午前，四位工作人員必須讓將近二十位的被照護者洗完澡。

負責中介的日子，進入浴室前，我一定會喝寶礦力水得。那是因為，以前曾經在浴室裡發生脫水症狀、當場倒下，後頭部撞擊到磁磚地板。

光在一個人身上的時間是十五分鐘。雖然可以做到的事情都儘量讓對方自己動手，但如果不開口提醒，便會出現一直悠哉地刮鬍子的被照護者，實在無法掉以輕心。清洗的時候我不思考任何事情。不只是沐浴的時候。看護的工作，如果不在某個點上切斷情感的開關，是無法持續下去的。

雖然穿著專用的T恤和短褲，但只要待在浴室裡便汗流浹背，汗水從劉海滴下來。我一邊動手，一邊看著在旁邊同樣負責中介的新人。

今年春天也來了四位新人，但已經走掉了兩個。

這也是沒辦法的事。對年輕人而言，這絕不是件快樂的工作。

每天每天，被滿是皺紋的老人包圍，的確令人消沉。自己所照顧的被照護者死去也是常有的事。不過，薪水確實可以養活自己。不要過於奢侈的話。但是，要了解到這件事有值得被感激之處，是需要時間的。越是注重自我價值、工作的成就感之類的人，不用多少時間就會離開這裡。自己是屬於這裡的人，就連我也花了很長一段時間才想通。不，即便是現在也沒想通。

在一旁的畑中雖然說是新人，但年紀比我大。據說年輕時結了婚又離婚，取得專業資格之後，回到了這裡。

「孩子被前夫搶走了。目前是單身。」

在歡迎新人的聚餐時，畑中如此說道。從V領的針織衫，可以看見深深的乳溝。好誘惑、好性感。隨著酒酣耳熱，畑中身邊的男性職員們嗤嗤地笑著，如同說夢話般地開始喃喃自語。

只穿一件T恤的話，胸部的雄偉格外地顯眼。

將沐浴完畢的被照護者，交給等候在浴室外，負責外介的職員後，我靠近畑中，確認她的作業。畑中清洗著被照護者的身體，同時抬頭看我的臉。從盤起的頭髮跑出來的雜毛，濕濕的、貼在脖子上。

「從這裡開始，試著自己做看看吧。」

畑中如此說道，同時將專用的手套交給被照護者。被照護者右半邊的身體雖然有輕微的麻痺，但經過復健後，右手已經可以相當自由地活動。畑中在一旁看著，並在有困難的地方加以協助。

「前輩的女朋友也是看護對吧。」畑中貼近我，如同呢喃般地說。

「身子放低去協助洗不到的地方。」

無視於畑中的話，我用下巴發號施令。畑中坐到被照護者旁邊，清洗下半身。腳底、小腿、大腿。最後是陰部。滿是泡沫的手套在被照護者的身上如同撫摸般地移動。那個瞬間，畑中瞄了一眼我的臉。

「耳朵後面、腋下，都要沖乾淨。」

每次不管我說什麼，畑中都會回應「好的。」。用蓮蓬頭沖洗被照護者的每一寸身體。畑中握著蓮蓬頭的手以及從短褲中伸出的腿，在充滿水氣的浴室裡更顯得白皙。將被照護者們帶到浴室外面。最後打掃浴室、結束作業。

將噴霧式清潔劑噴灑在地板上，用刷子刷洗的時候，畑中笑著靠了過來。

「剛剛那個人，我幫他洗的時候，好像有點反應呢。」

「不要說那些五四三的。快動手。」

我如此說道，同時偷看畑中的背影。腳踝上有著忘記沖洗到的沐浴乳泡沫。我想起了曾經看過的AV。巨乳的女性滿身泡沫地清洗車子的AV。這什麼東西啊，雖然我一邊這麼想一邊開始看，但事實上……

「前輩。」

「前輩，身體不舒服嗎？」不知什麼時候，畑中抬頭對著我笑。

「啊，沒有，只是腦子放空而已。」

「最近常常是這種表情呢。該不會是和女朋友之間出了什麼trouble吧。」

「與妳無關吧。」

原本打算想要恫嚇她，但我的聲音卻分岔了。畑中呵呵地笑著，拿起我的刷子走出了浴室。我用右手的手臂大力地揉去快要流進眼睛裡的汗水。想起了小時候被父母親責罵而哭泣時，我也是像這樣揉去淚水的。

「前輩，請吃這個。」

接近黃昏時，畑中在休息室裡遞給我一個用紅布包裹著的四方形物品。

「今天是晚班吧。半夜肚子會餓的。……那麼我先告辭了。」

不知道是不是補過妝，由於眼線和睫毛膏使眼睛變得更大的畑中，迅速地走出門離去。

我當場解開包裝，將蓋子上有小雞圖案的塑膠便當盒打開。塞滿了一看就知道是冷凍食品的漢堡排、肉丸子的便當盒的角落，放著小小的果凍。像是甲蟲的飼料，裝在小杯子裡的果凍。日奈也總是用這種果凍塞滿整個冰箱。裡面有水果的黃色和紅色果凍。休假的日子，只要一不注意，日奈就不好好吃飯，試圖以這種果凍填飽肚子。

我將便當盒拿在手上，呼地吐氣，坐進折疊椅。

小時候，我會把吃剩的西瓜和小黃瓜拿去餵甲蟲。所有小孩應該都是這樣。是從什麼開始用果凍作成的飼料餵甲蟲的呢？我從便當盒拿起葡萄色的果凍，撕開封膜貼近嘴巴，用吸上來的方式吞進去。

每到夏天，我和弟弟會坐父親的車去森林抓甲蟲。

睡覺時我和弟弟兩個人將蓋子顏色不同的捕蟲盒放在床頭。半夜裡，喀、喀、喀，因為甲蟲摩擦捕蟲盒塑膠盒面的聲音而醒了過來。定睛一看，在夜燈的橘色光芒中，甲蟲的腳如同痛苦掙扎般地動著。雖然有將牠從捕蟲盒取出，放生到外面的想法，卻無論如何也做不到。這裡距離森林很遠。應該不可能回得去吧。

暑假接近尾聲時，弟弟誤食了母親放在冰箱裡的甲蟲用果凍。父親和母親邊笑邊看著一聲不吭地哭著的弟弟。父親溫柔地撫摸哭泣的弟弟的頭。我在拉門的另一頭看著他們三人。要說為什麼的話，因為我覺得自己不可以進到那個圈子裡去。

我將快要浮現出來的記憶加以深埋。往自己的靈魂深處。

把空的果凍容器丟入垃圾桶，蓋上了便當盒。伸展時腰部又發出鈍鈍的聲音。漫長的夜晚開始了。如果可以發生各種麻煩事，度過一個忙碌的夜晚，好讓我不要一個人胡思亂想就好了，我心想。

小學的時候，比我高年級的其中一人的父親死了。

國中的時候也有一個。是同年級的人的母親。高中的時候，死的是自開學典禮以來從未見過、繭居在家裡的同班同學。其中說不定也包含我的父親。

從小長大的地方旁邊有自殺的名勝地，奇妙的感覺。

代表日本的美麗富士山，山麓的緩坡上有樹海。把許多人吸進去、如同黑洞的場所。

在與步道相距甚遠，有些陰暗的地方，父親把繩子掛在日本雲杉的樹木上，把脖子伸進繩圈裡。可是，脖子呈垂吊狀態只有一瞬間。不知道是否因為綁得不好，繩子斷裂，狼狽地墜落在露出地表的熔岩上，摔斷了腳踝。然後，在昏過去的時候，幸運地被防止自殺的巡邏義工發現。

雖然知道父親的居酒屋生意不好，但完全沒想過父親竟會如此鑽牛角尖。店面所在的站前騎樓商場，每家店的狀況都差不多。持續不景氣，生意越來越差，不知不覺間鐵捲門已經拉下了。與那些相比，我以為有某種程度的常客光顧的父親的店還算是好的。

在那前一天，我工作結束，到父親的店裡去的時候，只見父親對熟客的話笑著點頭，流著汗用炭火烤著串燒。然後什麼也沒說，給了坐在店裡吧檯角落的我一杯生啤酒。

我不禁想，萬一那個時候，父親就那樣死掉的話。當時看見的父親模樣，當時喝的生啤酒味道，我應該一輩子也不會忘記吧。想著想著，突然覺得可怕。明明是血脈相連的人，但對方內心裡在想些什麼、在進行著什麼，卻完全摸不著頭緒。

那個父親在我眼前茫然地看著電視。

從母親那裡得知，父親出院後吃著醫院開立的抗憂鬱處方藥。

「一直以來都不眠不休地工作。你爸也必須休息一下才行。」

母親話雖如此，卻也是從早到晚四處打工。母親也一樣不眠不休地工作著。母親到底有沒有在休息啊，話雖到嘴邊，卻閉上了嘴。

「因為家裡沒錢，希望你自己賺錢去上大學。」

在我剛升上高三時，把額頭貼在榻榻米地板上、對著我磕頭的母親，再次做出相同的動作，是在今年的三月。

「弟弟的學費也幫忙出一些。」

實際上根本不是「一些」，遠比我優秀的弟弟考上的私立大學入學費用和上半學期的學費，弟弟所居住的東京公寓的保證金、禮金，以及父親和母親的生活費的一部分，為了三個人不斷地付出金錢。我就像台ＡＴＭ一樣。

「午餐要不要吃點什麼？」

「不了，你媽有替我準備。」

如此說道的父親視線前方，有兩個餐盒放在折得亂七八糟的報紙上。父親伸出手，打開袋子，扭捏地將白白軟軟的東西放進嘴裡。在某個大型工廠，由素未謀面的某個人在半夜裡製作，來歷不明的食物。

「要吃嗎？」

「不……我不用。」

父親動口，視線沒有離開電視。

雖然脖子上像紅黑色的蛇一樣的瘀青已在不知不覺中消失，但是父親絕對無法變回上吊前的父親吧，我有這種感覺。

父親的串燒，或許再也吃不到了吧。這麼一想，便流出口水，我讓它停留在我口中一陣子之後，發出大大的「咕嚕」聲音把它吞下去。

日奈和宮澤準備要見面的二十五號快到了。那天我也排休了。我在床上問日奈。

「那個……這次的休假，要不要出去呢？偶爾去看場電影？」

「那天……我有點事情。」

日奈說完，轉身背對我。日奈打算在哪裡與宮澤見面呢？是在這裡？東京，還是說那個城市呢？我轉向日奈。日奈的頭髮有著洗髮精的香味。沒有打算要說是吧。這麼一想，心中湧現一股殘酷的念頭。

「那個……」

「今天不行喔。」

我想起廁所角落裡，那個平常不會被拿出來，附有蓋子的塑膠小垃圾桶被拿出了。我以手心緊貼日奈的下腹部，可以感受到些許的厚度。

我抓著日奈的手，使她起身坐在床上，粗暴地讓她面朝著我。

「吶，快點。」

我抓起日奈的頭髮，右手硬將她的下巴往下拉，讓她張開嘴巴。

日奈痛苦地閉上眼睛。

這只是在欺負。

和當時的甲蟲一樣。心裡想著要放牠走，卻用手指不斷地玩弄越來越無力的甲蟲。把再也不動的甲蟲埋在庭院的角落，然後再每隔一天從土裡挖出來。因為想看牠變成什麼樣子。

某天，看見大量的螞蟻聚集在巧克力色的甲蟲身上，因為覺得噁心，便把牠丟到庭院對面。到了傍晚走出家門口一看，不曉得是被車子或自行車輾過，還是被人踩過，只見甲蟲的碎片散落一地。

「要去見宮澤對吧。」

日奈抬頭看我。陰暗的眼神讓我火冒三丈。

「忘不了宮澤也好，覺得他比我好也好，妳曾經說過那個傢伙不會像我如此粗暴對吧。」

日奈用力地閉上眼睛。但其實真正想做的是摀住耳朵吧，我想。

「在妳痛苦的時候幫助妳的人明明是我，那種男人究竟哪裡好了，白痴，妳是白痴嗎？」

在不穩定的床上怒吼的我很可笑。我自己也知道。

「即使這樣還是覺得他比較好嗎。妳知不知道我是用什麼心情和妳、和妳……。你們每個人都一樣，每個人都一樣，每個人都一樣……」

我上氣不接下氣地說。

「我要把妳丟掉。」

日奈眉尾下垂，皺起了眉頭。日奈用像是在半夜的草原上找尋獵物的鬣狗的咆哮般的聲音，哭了起來。

打開門，不到三坪大小的會議室滿是沉重的氛圍。

「不好意思。」我一邊說，一邊往空位坐下。

六位左右的職員圍坐於排成ㄈ字型的桌子。白板的旁邊是所長，兩旁則坐著高島和畑中兩位新人。畑中雙手交叉，朝我看了一眼。

高島低著頭，垂著肩膀，發出吸鼻子的聲音。高島是剛從市內的醫療看護專門學校畢業的新人，和畑中同時來到這所機構。雖然年輕卻廢話不多，被交代待的事情也會確實遵守，是個認真的孩子。修剪成蘑菇頭的頭髮上有著美麗的天使光環。那是種可以感受到年輕的光澤。

「妳不把話說清楚的話……」

坐在旁邊的所長撫著高島的背，催促她往下說。

「夜班的時候，被河合先生摸了胸部，然後……」

話說到一半，高島把盒裝面紙拉了過來，抽了兩次，大聲地擤鼻涕。所有人都看著高島。那個河合先生啊……。雖然是位年過七十五歲的被照護者，之前也曾因為瘋狂騷擾女性職員而成為問題。

「對他說請您住手，他卻說，畑中小姐都會讓他摸。死纏爛打地說。」

五十多歲，交雜著白髮的頭髮剃得短短的、戴著圓框眼鏡的女性所長用力地點頭。

「畑中小姐，是這樣嗎？」

畑中避開所長的視線、沉默不語。

「能說多少就說多少吧。」

為了打破沉默，所長溫柔地詢問。

「……被摸也不會少一塊肉。」

畑中用鬧脾氣的小孩子般的語氣說。

「在我待的前一個機構，這種事是家常便飯。像這樣子，召開正式的會議，討論對策什麼的，好色的老頭子的怪癖也不可能治好的。要是不喜歡的話，說不喜歡就好了啊。但我個人是覺得無所謂啦。做這種工作的話，這種事無論是誰都會碰到個一兩次吧。」

聽著畑中說的話，所長原本柔和的表情逐漸變得僵硬。停止哭泣一陣子的高島再次放聲哭泣。會議室裡的每個人，輪流看著高島、畑中和所長。

「……騷擾是絕對無法被原諒的。有時候也可能演變成犯罪。如果用畑中的價值觀去判斷的話，那麼就會變成，只要自己不在意的話就好，不是嗎。但這是牽涉到全體職員的問題。所以，我們應該認真地去思考，為什麼河合先生會做這樣的事。也許是感覺孤立……或者是對死亡的恐懼，之類的情緒。」

「不過是好色的老頭子罷了。」不等所長說完，畑中便開口說。

「請不要這樣稱呼這裡的被照護者。」說完這句話便沉默了半晌的所長，用左手的拇指和食指把眼鏡往上移、悠悠地揉著閉上的左右眼皮。所長時常聆聽職員的意見。並不是個壞人。只不過，就其立場上，所說的話總是過於理想化。雖然是無可奈何的事，但也因此與職員之間產生了代溝。

「還有……不准用如此輕蔑的說法來形容看護的工作。」

所長盯著畑中，用比剛才更低沉的聲音說。

「改天，我會再找時間和兩個人個別談一談。抱歉耽誤了大家的時間。」

所長啪地一聲合上檔案夾，站了起來。所有人也跟著動作。只有畑中交叉著雙手，凝視著桌上的某個定點。

插入車鑰匙、助手席的窗戶傳來叩叩的聲音。

畑中雙手合十、如同膜拜般地說著些什麼。我打開車窗，「不好意思。我的機車好像壞掉了。可以送我到車站嗎？」

畑中把臉伸了進來，怒吼似的說。雖然我覺得那是騙人的，不過是不是真的，其實也不重要。

距離黃昏還有一段時間，但散步步道以外的地方已是一片漆黑。畑中穿著有跟的鞋子，快要跌倒似地跟在我後頭。跨過突起的蜷曲樹根，往深處前進。我把畑中的身體壓在長滿青苔的大樹上。

「要不要在外面做？」

車子裡畑中開口說。在那之後，直到抵達這裡為止，我們都沒有開口。

我把手伸進T恤裡，從內衣上方揉捏如同橡皮球的胸部。T恤上的崔弟圖案扭曲變形。

「妳的孩子在哪裡？」

「什麼？」

「妳生的孩子。」

我捲起T恤，解開內衣，把乳頭含在嘴裡吸吮。

「啊……啊！在前夫……啊……那裡。」

這是我第一次和胸部這麼大的女性做。只要手心用力，肉便會從指間隆起。鬆手也會有種被吸附在肌膚上的感覺，我可以理解好色的老頭子為什麼會想要摸。

畑中脫下來，丟到一旁的內褲，在蕨類植物上搖搖晃晃。

「沒有見面嗎？」我咬著畑中的耳垂問。

「我見不到。即使見到了，也只是狠打……啊。」

畑中的手指輕撫著我褲襠的隆起。

「已經這麼硬了……我幫你全部吸出來吧。」

額頭上好像有個涼涼的東西，我往上看。是雨水。稱不上雨水的小水滴輕柔地落下。畑中的背部依靠著的樹木，在那遙遠的上方，有隻蟬開始鳴叫，漸漸地音量大得刺耳。畑中也發出不遜色於蟬的叫聲。

「真的……好棒。」

我給了說完這句話後對我微笑的畑中一個濕吻。我將畑中轉身，捲起T恤、用舌頭探索畑中背部的凹陷。只要在薄薄的皮膚上一咬，畑中的叫聲就越來越大。

我希望和畑中發生關係的這件事，可以成為和日奈分手的理由。我想這樣子去相信。我不要讓那個傢伙，宮澤，成為我們分手的唯一理由。我的心也從日奈身上跑去畑中那裡了。我試著深信。但是，在那之後，又和畑中睡了幾次，我發現，今後我絕對不可能像愛上日奈那樣，去愛上另外一個人。

畑中的叫聲變大了。蟬也繼續鳴叫著。雖然身處在畑中濕潤的體內，但最後我還能為日奈做些什麼呢，我的心裡只想著這件事。

手持鐮刀，喀嚓喀嚓地割著庭院裡恣意生長的雜草，同時回想昨天的事。

趁著昨天把我放在日奈家裡的東西，全部運回了老家。

「我回來了。」

當我抱著紙箱走進家中，原本凝視著電視畫面的父親，一直盯著我的臉。沒有任何表情。父親的臉看起來和機構裡的老人們更加地接近。

母親因晚上的打工外出，我煮了飯，做了味噌湯，拿出在超市買的現成烤雞肉串和馬鈴薯沙拉。父親咬了一口微波加熱的烤雞肉串。

「我做的比較好吃。」父親不動聲色地說。

「老爸的烤雞肉串，再做給我吃好不好。」

雖然我這麼說，不知道是不是假裝沒聽見，父親什麼也沒說，窸窸窣窣地喝著味噌湯。

長出來的雜草，我不想使用電動割草機，而是想要慢慢地花時間去割草。

不曉得梅雨季是否到了尾聲，彷彿盛夏的陽光熱辣辣地照在背上。包在頭上的毛巾轉眼間因汗水而濕透。我把放在外廊上，剩餘的寶礦力水得喝光。

把割下來的雜草收集到庭院的角落，形成了三座小山。日奈十分珍惜的花壇裡的牽牛花，上面有好幾個好像明天就會開花的花蕾。一鼓作氣拔了吧，我心想，同時捏住闔得緊緊的紅紫色花蕾。鬆開手，手指上沾染了淡淡的顏色。我將傾斜的支架扶正，對於從自然播種的種子萌芽的雙葉加以間拔，以等距重新栽種。到了明年，我就不會在這個庭院裡看牽牛花了吧，我心想。

我用昨晚剩下的洗澡水沖掉汗水，從冰箱裡拿出罐裝啤酒，一口氣喝掉一半。

無意間，我的視線停在擺放於神桌上的日奈的雙親和爺爺的遺照。

爺爺一個男人一手養大因車禍而失去雙親的日奈。照料在和宮澤分手的時候一樣，在爺爺過世後食不下嚥的日奈的人是我。日奈一時之間對我動情，並不是對我有好感。只是對於我所做的一切，想要表達某種類似感謝的心情。或許，日奈有生以來第一個愛上的人是宮澤先生。日奈對於宮澤先生的執著，就如同我對於日奈的執著。

在我和日奈之間，沒有發生過戀愛。

雖然悲傷，卻是事實。

「爺爺，我對日奈做了過分的事，真的對不起。」

把宮澤和日奈之間所發生的事、以及我和日奈之間的自始至終，全看在眼裡的爺爺的遺照，不發一語地笑著。我點燃一炷線香、雙手合十。

我取下床上的床單、換上剛洗好的藍色床單。用手心仔細地撫平皺褶。剛從庭院收進來的夏被，有種乾草的味道。整理好垃圾、吸好地板、以用力擰乾的抹布擦了廚房和外廊的地板。

為了工作到半夜才回家的日奈煮了飯、做了味噌湯、在烤魚的盤子上包上保鮮膜，和味噌湯的鍋子一起放進冰箱裡。從紙袋裡拿出色彩繽紛的果凍，將它們也收進冰箱裡。蘋果、白桃、橘子、葡萄、櫻桃。不是超市或超商賣的那種廉價果凍，這些是在市區裡的洋菓子店買的。在便利貼寫上「果凍一天最多一個」，貼在冰箱門上。

我環視起居室。茶色斗櫃、圓形矮桌、小型神桌。彷彿時間靜止在昭和的某個時期的房間。只缺日奈的房間。

關上玄關門，把備份鑰匙放進生銹的郵箱裡。

剛剛割下的雜草的小山，水分開始蒸發，纖弱地漸漸失去氣勢。我只求在我心中的日奈的回憶，也能像那樣一點一點地枯萎。

或許是放暑假的緣故，車站裡都是拉著行李箱的親子和情侶，人潮難得地多。我坐在咖啡廳裡看得見閘口的吧檯座位，看著來來往往的人潮。花時間喝一杯咖啡，喝完後再點一杯新的。

最後想再看日奈一眼。煩惱了一個晚上，決定去車站。我不會和她說話。只是想要把日奈的模樣留在眼底。雖然不知道是幾點，但最後一次偷看日奈的手機訊息時，得知日奈和宮澤約在車站碰面。不過，或許在那之後改變預定，變成不是今天，也或許宮澤會直接開車到日奈家。那樣也好。我決定一整天待在這裡。

接近中午，原本閒散的店裡人潮也開始變多。

「不好意思，這裡可以坐嗎？」

手持托盤，聲音黏膩的女子在隔壁坐下。是畑中。

「前輩——。」

畑中一邊說，一邊抓著我的手臂，把身體貼了過來。胸部比其他部位都要更早接觸到我的手臂。在那之後，只要一起下班的話，便會直接去旅館，上床，然後各自回家，這樣的生活持續著。演變成只要時間剛好就上床的關係。

「前輩在等人嗎？」

我搖頭。我看著畑中，臉上的妝似乎比平常淡。穿著也不是平常的T恤和牛仔褲，而是簡單的白色罩衫搭配窄裙。

「是要去哪裡嗎？」

我這麼一問，把熱狗放進嘴裡的畑中點頭。畑中用紙巾擦拭沾上番茄醬的嘴角。紙巾被染紅了。

「去看小孩。」畑中把嘴裡的東西，和著咖啡吞了下去。

「每個月要去看一次。」

說完畑中再度張大嘴巴，咬下熱狗。

「雖然如此約定，但我可是完全不想見面。」

畑中咀嚼著嘴裡的東西、局促地說。

「母性這種東西，我一分一毫也沒有。」

畑中用手指撕開棒狀糖包、全部倒進咖啡杯裡、用湯匙粗魯地攪拌。

「真是個沒用的女人。」畑中一邊說，一邊喝了一口咖啡。

「如果前輩等一下願意和我做的話，我就不去了。」

畑中一個人說個不停。我聽著那個聲音，同時凝視著通過眼前的人潮。一群將單肩背包斜背的男高中生悠悠地走過去。是棒球社，或是足球社呢，曬得像烤焦了似的，每個人的手上都拿著便利商店的白色塑膠袋，有的口中咬著冰棒，有的喝著寶特瓶裝果汁。

「超級想做的。」畑中呢喃。

那是指畑中本身，還是那群高中生，正當我這麼想的時候，似曾相識的水藍色格子花紋閃過我的眼角。我往臉看。是日奈。身穿無袖連身洋裝的日奈從左方緩緩地走了過來。我沒有迴避眼神，凝視著日奈。

「前輩，我們來去做嘛。」

畑中一邊說，一邊把身體往我身上貼。畑中的溫度，讓因空調而冷到不行的身體感到舒服。日奈經過我眼前。當然，完全沒有往我這裡看。日奈應該不會知道我從早上開始一直待在這裡。日奈挺直腰桿，臉頰上泛著不是靠腮紅畫出來的粉紅色。這樣的日奈我還是第一次看到。一轉眼擦肩而過的日奈背影，在人海裡一下子出現，一下子消失。簡直就像是溺水的人的身影在水面上載浮載沉一樣。

剛才的那群高中生擋住了我的視線，我再也看不見日奈的身影。

我的視線晃動，感到無力而歪頭。我的頭靠在畑中的肩膀上。在其他客人看來，就只是在別人面前曬恩愛的愚蠢情侶吧。我的眼淚淋濕了身穿罩衫的畑中的肩膀。畑中看著我的臉。

「咦，為什麼哭了呢？」畑中一臉驚訝地說。

「前輩，為什麼哭了呢？」畑中用大拇指一把抹去我的眼淚。

「……唉，算了。和我做的話心情就會變得舒暢喔。」

畑中說完，摸著我的頭，把我抱進她的胸前。如同抱著橄欖球一樣。

我的頭在雄偉的胸部上彈跳似地晃動。在充滿柔軟和彈性的那個東西上面。

不過，我心想。

充滿柔軟和彈性的不是女人，而是男人也說不定。

店外傳來大聲吵嚷的聲音。抬頭一看，男高中生們指著我和畑中，不知道叫著什麼。他們嘲笑著哭著把臉埋進女人胸部裡的可悲男人。笑我的那些傢伙裡，應該也充滿著如同果凍般具有彈性的東西。在被女人給捏碎之前早點察覺吧，處男。

我如此想著，從罩衫上往畑中的胸部咬了下去。笑著的高中生們一瞬間面無表情，活該，這兩個字在我腦中一閃而過。

星期三晚上的薩瓦蘭蛋糕

因脖子微微疼痛而醒了過來。

我討厭睡在手臂上。也不喜歡兩個人睡在單人床上。

睜開眼，便看見鬍子任意生長的下巴。

如果是其他男人該怎麼辦，雖然我這麼想，不過抬頭一看，是前輩的臉，於是便安心了。不知道是不是因為睡前喝了酒的關係，太陽穴覺得很緊繃。今天是我值早班，為了不吵醒前輩，我輕輕地從床上抽身。走到廚房，用咖啡機煮好了咖啡。輕輕地打開洗手台的門，洗了臉。我用毛巾擦著臉，回到廚房，把咖啡倒進馬克杯。我一邊看著睡在床上的前輩，一邊喝著咖啡。前輩完全沒有要起床的意思。

來到這個城市後，前輩是第幾個男人呢。

前三個為止還記得，後面就曖昧不明了。

我微微拉開窗簾，確認天氣。雖然是陰天，不過還沒開始下雨。

遠處可見小小的富士山。剛搬過來的時候，每一次看到都不禁讚嘆的富士山，到如今，在我心中就連一絲漣漪也沒有。

輾轉似地從我出生的城市移動到隔壁的城市，再到隔壁的城市，現在來到這個城市。在我出生的城市，因為被群山擋住，是看不見富士山的。雖然在同一個縣裡，位於縣境附近、我出生的城市，和就在東京旁邊的這個城市，分別位於縣的兩端。因此，即便搭乘特急電車，也要花上兩個小時。

無論生活在哪個城市，只要認識自己的人漸漸變多，就會想要到某個不同的城市生活。絕大部分都和男人有關。去居酒屋或酒吧，和遇見的男人上床。酒量不好的我即便借助酒精的力量，但有些晚上不那麼做的話就是無法入睡。那種時候，就算是只有一瞬間感到喜歡的男人，無論是誰都沒差。

一次，最多上床兩次，我就會失去興趣。因為對方也和我抱持著相同想法，所以這樣就好。偶爾雖然有會錯意、認真想要和我交往的人，不過只要知道我的下半身有多麼骯髒的話，絕大多數的男人都會自然地消失。基本上，我不和職場裡的男人上床。因為容易演變成麻煩的情況。

不過，從見到前輩的那一刻開始，我便一心想要和這個人上床。雖然如此，演變成現在這個樣子，還是在我的意料之外。也就是，讓他如此地親近我。當然我也有一部分的責任。替前輩做便當，是在我剛來到這個城市的時候，那個時候的我也有些懦弱吧。我幾乎都在飯店和男人上床，但前輩卻想要來我家。不知為何，我卻讓那樣的前輩來我房間。最近，他會在我的公寓裡下廚。當房間凌亂時，他會擅自用吸塵器打掃。一步一步地入侵我的領域。我沒有遇見過那樣的男人。要是他再更進一步的話，我是不是要開始考慮離開這個城市了呢。我這麼覺得。

看著微微張口、熟睡的前輩，我喝完咖啡，把馬克杯放在水槽裡。

傍晚或許會下雨吧，我心想，不過還是決定騎機車出門。

我在彷彿飽含水分的空氣中出發。

無論來到哪個城市，我做的事情都一樣。

老人的照護。吃飯、排泄、沐浴的照護。照顧老人。看護。那就是我的工作。等紅燈。在每天經過的托兒所門口暫停。

「早——安——。」聽見了保育士過於元氣的聲音。

年紀看起來和我差不多的媽媽粗魯地關上鐵門。看著微微低頭、板著一張臉的那個人，我心想，說不定我也一直是那副表情。從出了托兒所的那個瞬間，我便把孩子的事情給忘了。工作、念書考取證照、晚餐，以及與日俱增、對於老公的憎恨。需要思考的事情、想要做的事情，對我來說都太多了。

號誌變成綠燈。雖然在通往職場，和平常一樣的路上，有的時候還是不經意地感到不可思議。為什麼我會遠離出生的地方，身處在這裡呢。為什麼我會遠離自己生的孩子，在這裡生活呢，之類的。

用湯匙將食物放進滿是皺紋的嘴裡。用食物攪拌器打至黏稠、黏呼呼的餐點。用紗布擦掉從嘴角溢出來的東西。從未給過自己的孩子充足的副食品，現在卻像這樣，把為了活到明天的食物，往將死之人的嘴裡送。

完蛋了，當我這麼想時已經太遲了。已經來不及拿掉了。

打從十四歲第一次和男性發生關係，我從未懷孕過。

我並沒有特別謹慎地避孕。總是交由男方處理。由於都沒有懷孕，應該沒有那麼容易懷孕吧，我掉以輕心地想。同時間和兩、三個人交往，對我來說是家常便飯，也曾同時和兩、三個人發生關係。

但是，在有可能懷孕的那段時期，不可思議地，交往對象只有那個男人。當時我二十一歲。無論是讀高中的時候，或是畢業之後，對於自己將來要靠什麼工作維生，我從來沒有想過。家裡單靠母親忙碌地工作支撐著家計。心情好的時候，我會把打工賺的錢交給母親。

「只要成為看護，一輩子就不愁沒飯吃了。」

是朋友，還是親戚的阿姨，已經忘了是誰，曾對著每天腦子裡只想和男人玩樂的我如此叨念。

對於像同學一樣去酒店或特種行業賺錢，我的內心總有些抗拒。看著她們，我茫然地想，總有一天會無法再靠這個工作維生吧。看著明明持續工作著，生活卻沒有因此比較輕鬆的母親，自己的將來會不會也變成那樣，我也曾感到害怕。

我一邊打工一邊存錢，打算去讀看護的專門學校。

就在那個時候，我懷孕了。男人大我三歲，國中畢業後在裝潢業者的承包公司工作。我們結婚吧，男人對我說。可以如此輕易地說出口，我想是因為兩人生活的辛苦、育兒的麻煩、責任等，都不在他腦子裡吧。父母親雖然不知如何是好，但對於結婚這件事也沒有反對。唯一不合群的人是我。我想要去學校讀書，然後成為看護。我想成為的不是母親。我也不想結婚。可是，我也不知道一個人生下孩子，要如何生活下去的方法。父親的表情又哭又笑，而只有那麼一次，母親狠狠打了我一巴掌。

我在二十二歲的時候生下孩子。不是為了安慰我，而是帶著一半看好戲的心態來到醫院房間的朋友：

「畑中啊，真是失敗……操之過急了吧。」

如此說道的同時，用色彩繽紛的指甲捏著剛出生的寶寶的臉頰。長長的指尖微微地陷入柔軟的臉頰裡。由於第一次生產而累壞了的我，就連說「住手」的力氣都沒有。

在距離兩個人的老家不遠的公寓裡，展開了像是扮家家酒的生活。

「有什麼事情隨時跟我們聯絡喔。」

雙方的雙親雖然這麼說，卻忙於自己的生活。要去幫忙、照顧年輕夫妻，無論精神上或經濟上都沒有那種餘裕。當然，老公也一樣，由於白天從事大量勞動身體的工作，晚上佐著啤酒將我做的粗茶淡飯吞下肚子後，馬上就睡著，到早上為止都不會起來。

「我出門去囉——」

每天早上，在玄關，對我抱在手上的孩子這麼說。那就是老公唯一和育兒扯得上關係的時間。

如果孩子哭個不停，我也跟著大聲地哭泣。如果孩子午睡的話，我也會忘記更換尿布，跟著一起睡，導致孩子的屁股紅腫。要是餵食過熱的牛奶，泡進過熱的洗澡水，孩子便會像著火似地放聲大哭，但那個時候的我，並不明白原因出在哪裡。

夏天生下孩子，隔年四月開始去托兒所，總算可以喘口氣，我開始在附近的醫院從事計時看護助理的工作。我打算累積實務經驗，參加國家考試。我以為只要等孩子入睡，晚上就可以輕鬆地讀書。白天的時候可以離開孩子，雖然覺得開心，不過到了傍晚，一想到要和孩子見面，心情便轉為鬱悶。也許是感受到了我的心情，當我試圖抱起保母懷裡的孩子時，孩子便會以如同警報，不舒服的聲音放聲大哭。

一開始只是像開玩笑般地捏。哭個不停的時候，用手心輕輕地摀住嘴。演變成為真正的暴力，是孩子滿一歲的時候。扶著東西站起來，把架子上的書掃到地板上。撕破重要的教科書。每當孩子做了那些事情，便出手打孩子。在老公面前不會這麼做。因為自己也意識到這是犯罪。一部分也出於讀書的事情不順利而心煩。只要說到國家考試，老公就會歪著嘴，用帶著惡意的眼神看我。每當承受那種眼光，我便會打孩子。那個時候已經變成一種習慣了。比起對著孩子笑，打孩子才是日常光景。

煮水壺發出唧唧的聲音。

為了泡趕走睡意用的咖啡而煮著水。匆忙地關上瓦斯爐的火。孩子從前一天就開始發燒。發燒的話就無法送到托兒所。要是一直請假，又會被前輩們說些難聽的話。我一直抱著孩子。只要把半睡半醒的孩子放到棉被上，打算開始讀書，孩子便會用讓人想要摀住耳朵的音量嚎啕大哭。老公如同什麼事情都沒發生似地在被窩裡呼呼大睡。他是個無論孩子如何地在旁邊哭泣都能熟睡的人。這一點真令人憎恨。我發現自從孩子出生以來，我的睡眠時間應該不到老公的一半吧。因為想上廁所，讓孩子坐在地板上。孩子對我伸出手，說著聽不懂的話，眼淚一滴一滴地落下。大半夜的。住在隔壁的人拍打牆壁。每天不曉得在做些什麼，發福走鐘、滿臉青春痘的男人。只要在走廊遇見，都會用噁心的眼神盯著我的胸部看。

砰，又傳來那個聲音。那一瞬間，我將孩子丟了出去。咚地一聲，聽見後頭部撞擊地面的聲音，孩子用比剛才更激烈的聲音哭泣。砰、砰，聽見連續牆壁的聲音。我走向廚房。喂，聽見這個聲音我才留意到。老公手拿煮水壺，用一種好像是在看妖怪的眼神看著我。

結婚結得早，離婚也離得很快。

操之過急了吧，也許真的是朋友說的那樣。

剛離婚時，老公雖然取得孩子的監護權，卻說無法一個人照顧，把孩子寄養在乳兒院。不過，或許在與孩子分開的這段期間，老公突如其來地萌生了身為一個父親的自覺也說不定。

滿三歲時，老公將孩子帶了回去。如果真的有身為父母的那種愛情的話，為什麼不再早一點，雖然也不是沒有這樣想過、但我沒有說話的權利。老公回到老家，在他母親的協助下扶養著孩子。

離婚後，我離開出生的城市，成為了看護。不管住在哪裡都活得下去，這種想法讓我感到自由。但是，彷彿將飄然的心情給拉回來似地，無論住在哪裡都會收到前夫的信。提醒我每個月要去見一次孩子。白色的便箋上只寫著日期和時間。

那個孩子，現在就在我眼前。

五歲的男孩子。在位於郊外的家庭式餐廳，前夫讓孩子和我下車，說一個小時後會來接，在一台車也沒有的停車場繞了一圈之後，往某個地方駛去。

呼，我嘆了一口氣、往餐廳的方向走去，孩子在我後頭追了上來。

「吸菸區，兩位。」

我對拿著大大的菜單過來的女性店員說，頭也不回地進入店裡。當我砰地一聲坐進沙發裡時，孩子爬上了對面的座位。我把白色菸灰缸拿過來，點了菸。孩子只是靜靜地看著那樣子的我。

「兒童午餐和冰淇淋蘇打。還要一杯咖啡。」

我對走過來的女性店員說完後，把帶來的紙袋放到桌上。

孩子露出「可以嗎？」的表情，由下往上看我，但我把眼神閃開。孩子怯怯地伸手，把紙袋裡的東西拉出來。戰隊系列的玩具。話雖如此，那是在車站見面時，前夫交到我手上的東西。因為我不知道孩子想要的是什麼東西。孩子拿著經由前夫到我再交到他手上的玩具，臉上閃耀著光輝。我再一次眼神閃躲，喝著單純染上黑色的咖啡。

對於孩子沒有任何的罪惡感。從我這裡出生的事情是個錯誤。我是個在某個地方有著決定性的欠缺的人，有孩子這件事情本身就是個錯誤。

孩子吃著送來的兒童午餐，喝著冰淇淋蘇打。

彷彿那是世界上最美味的大餐似地。

我和孩子之間沒有對話。孩子時而害羞地看著我的臉，時而對我微笑。我無視他的存在，不停地抽菸、加點續杯的咖啡、一隻手不斷滑著手機。時間的流逝驚人地緩慢。只要再過十分鐘，前夫就會來這裡接人。我用手背擦拭額頭上隱約流下的汗水。

前夫（和他母親）把孩子照顧得很好，一看就知道。身上穿的衣服很乾淨，頭髮、指甲也不會太長。胖胖的臉頰和手臂上也沒有瘀青或是傷疤。那個時候被我打的事情，不要留在這個被照顧得健康的孩子的記憶裡的某個地方就好了。

背後傳來前夫的聲音。我和孩子都用鬆了一口氣的表情看向他。

「拜拜呢？」

在大中午的停車場被如此催促的孩子，躲在前夫身後、神情疲憊地揮手。

拜拜。再見囉。聽到我的聲音，孩子露出彆扭的表情。如同眼睛癢似的，用手掌拚命地摩擦著眼皮。

我用手掌擦去在我身體上方的前輩的汗水。

我的眼睛睜得大大地，看著前輩的臉。前輩緊閉雙眼、皺著眉頭。如同用尺畫線一樣的性愛。雖然說我也並不討厭那樣。好像快射了，前輩斷斷續續地說。愛妳，前輩像是說夢話似地呢喃，把臉埋在我的肩上。真的好愛妳。只要看著妳的臉，就會愛上妳，前輩如此呢喃著。每聽到一次，我都會不禁在心裡笑。愛妳？所以呢？如果我一臉認真地如此回答的話，前輩會露出什麼樣的表情呢。

喜歡、愛之類的，前輩難道相信著那些泡泡般的，不確定的東西嗎。和愛比起來，性更加明確吧。舒服的性愛才是真的。所以，我喜歡性。

激情過後的前輩在我身上慌亂地喘氣。手伸進去，前輩的頭髮因汗水而濕透。野獸般的體臭撲鼻而來。

「舒服嗎？」

前輩一問，我馬上點頭。

真是個單純又可愛的人，我心想。說是前輩，事實上，是年紀比我小的男人。

到底喜不喜歡前輩，我也搞不清楚，不過我喜歡做完愛後，兩個人一起看著天花板，一點一滴，小聲地說著關於自己的事。或許，那是只有在做完愛後才會產生、兩個人之間的親密氛圍吧。那種時候，前輩總會伸出手臂。雖然我討厭躺在手臂上，但也沒辦法。

「我爸呢，總是散發著甜甜的、香香的味道。」

我的家曾是那個城市裡唯一的蛋糕店。

不是日本鄉下的蛋糕店裡常見的，在乾乾的海綿蛋糕上塗上大量鮮奶油的那種蛋糕。無論是鮮奶油、香草莢，還是威士忌，都是用高價的上等貨。那是爸爸最自豪的地方。不過，那種蛋糕在偏僻的鄉下是不可能大賣的。當我放學回家時，爸爸像是用排列著賣剩的蛋糕的展示櫃擋住自己似地坐在椅子上，呆呆地望著幾乎沒有人潮的街道。

爸爸身上甜甜的香味，是從什麼時候開始，變成了酒味的呢。

「靠妳爸爸的蛋糕活不下去，所以妳媽媽才開始出去工作的吧。」

前輩說完，抖著身體，不出聲地笑著。

「我家也一樣。」

「是喔。」

「對。老爸的居酒屋經營不善，跑去樹海上吊了。不過沒有成功就是了。」

那件事，好像曾經聽前輩說過，但我忘得一乾二淨了。

「前輩的爸爸，現在身體還好嗎？」

「現在整天在家裡耍廢。只有我老媽在工作。」

「我家也是。」

嗯，前輩像個孩子似地回應。

「因為老爸很閒，所以老是在喝酒。明明老媽已經把家裡的酒全部藏起來了，老爸還是把製作蛋糕用的白蘭地、萊姆酒等各種酒類全部喝個精光。」

不知為何越說越覺得可笑，這次換我竊竊地笑了出來。但明明是很可怕的事。

「到我上國中的時候，我媽就連晚上也出去工作了。」

嗯，我可以感覺到前輩沉默地點頭。在黑暗中。

「星期三我媽總是特別晚下班。兼差打工到半夜的緣故。那個時候，我爸呢，開始會用奇怪的眼神看我。上國中後，我的胸部明顯地變大。對於那個變化我感到害怕，待在家裡也讓我感到害怕。因此一個人待在公園之類的地方。」

我討厭星期三晚上。因為我總是一個人。

「但是，那樣子也很無聊，所以很快就開始和朋友鬼混了。」

「因此才學壞了嗎。滿典型的。」

可是前輩，雖說是和朋友鬼混，我還是一個人喔。難以表達的事，被反問就會變得麻煩的事不說出口，我在心中呢喃。

「不過，只一次的話，讓他摸其實也可以。我和我爸並沒有血緣關係。」

「是喔？」

「嗯。我媽是再婚的。」

「沒有血緣關係也不可以吧。」

前輩朝這裡轉身、看著我的臉。可是。即便如此這般的我，要說出實話還是需要勇氣的。

「嗯。」

我在前輩的胸前眨了眨眼，可能是睫毛碰到了，前輩發出覺得很癢的聲音。

「走向不幸的家庭，在模式上似乎都有些類似的地方。為什麼呢。」

「幸福的種類比較多吧。與不幸相比的話。在這方面也輸了啊。總覺得有些不甘心。」說的同時，我啾啾地吸著前輩的乳頭，剛才覺得很癢的聲音轉變成為了撒嬌的聲音。

我喜歡上夜班的時間。比起白天，我更喜歡在晚上工作。

不過，和我配班的人似乎不是很開心。今天的高島也一樣。明明面對面坐在同一張桌子，卻不自然地避免與我眼神交會。

她和我同時期來到這個機構，但沒多久，我便因為她而在會議中成為箭靶。因為畑中小姐讓被照護者摸她的胸部，導致我也被強迫，她說。這個人，該不會還是處女吧，我當時心想，但或許，現在也還是吧。

無論在工作中、會議中，遇到問題的時候，便嘟著嘴主張自己的想法有多麼正確。對於那用正確加以提升的固執，周遭的人總是小心翼翼地對待。不過，對於自己的存在所引起的狀況完全沒有留意到，證明了高島小姐的遲鈍。

「……高島小姐，妳有男朋友嗎？」

高島小姐抬起頭，無視我的問題。就好像我不在高島小姐的面前一樣。像是為了打破兩個人之間逐漸凝重的空氣一樣，呼叫護士的鈴聲響了起來。鈴聲來自每到半夜便會頻繁按下呼叫鈴的川島老太太的房間。用手制止了起身的我，高島小姐站起來，走出了房間。

到了某個時期，我之所以搬到其他城市，不再只是因為男人。是因為無法在工作場所繼續待下去。在先前的會議便已經感受到那種徵兆，並不是我把自己的身體讓別人摸，是被照護者自己過來摸的。也不只是男性，女性也會。所有人都想摸我的大胸部。像是被捕蛾燈引誘的蛾，滿是皺紋的手伸向我的胸部。

為什麼，能夠撥開那些手呢？

「我去巡視一下。」

我對回來的高島小姐這麼說，但高島小姐依然無視於我的存在。

每當快要天亮，已經睡不著的那些人，便會像喪屍似地在走廊行走。或許是在床上待不住吧。只能看著天花板應該滿痛苦的。頭腦清醒的時候，活到現在的各種記憶、喜悅、後悔等，如同海浪般席捲而來，應該更覺得痛苦吧，我想。

叫做荒井的老太太走在走廊上。當我輕聲呼喚，握住她的手時，她也用力地回握。回到房間，讓她躺上床，蓋上被子，她卻不放開我的手。

我摸著荒井太太的頭、叩叩地敲她的手臂。荒井太太伸手，往我的胸部摸。

「媽媽……」荒井太太一邊說，一邊緩緩地閉上眼睛。

我明明沒有資格被那樣叫。

眼前的荒井太太，用不像老女人，孩子般的表情，安靜地沉睡。明明就連自己生下的孩子都無法溫柔地對待，為什麼對於一天比一天接近死亡的人，卻能如此溫柔呢。這件事對自己來說也是不解之謎。

眼淚從荒井太太的眼角慢慢地滑落，在床單上變成圓形的印記。

「妳坐這裡。我來泡咖啡。」

前輩手指著打開的折疊椅說。

我和前輩的休假幾乎沒有重疊（我刻意不讓它重疊的），不過偶爾不小心休假重疊的時候，前輩會帶我去山裡或是湖泊。無論住在哪個城市，我對觀光名勝都沒有興趣。我只對工作場所和公寓、超市、居酒屋之類的感興趣。

或許是平日的緣故，湖泊幾乎沒有人。已經看到不想再看的富士山近在眼前，我的心情果然還是連絲毫的起伏也沒有。

遠方可見穿著紅色救生背心的人搭乘的獨木舟。獨木舟在幾乎無浪，如同鏡子般的湖面上緩緩地前進。

「我不怎麼喜歡那個。有點旁若無人的態度。」

當我指著獨木舟這麼說，前輩便說：

「有什麼關係。妳心胸太狹窄了。」

前輩笑著，遞給我一個保鮮盒。裡面有飯糰、玉子燒、章魚形狀的熱狗。一直以來，我為前輩準備的食物，都只是想和他上床的便當。全是冷凍食品的便當。我那樣想著，咬下手上的飯糰。

「前輩，之前也經常和前女朋友來這裡吧。那個看護的女朋友。帶著便當。」

突然吹來一陣以目前的季節來說算冷的風，我把前輩借我的蓋毯往上拉。

「帶我來這裡，是想要覆蓋掉之前的回憶吧。」

前輩什麼也沒說，調節著登山爐的爐火。

「不用覆蓋，不去理會它就好了。」

這麼說的同時，不知道為什麼，想起了當時打小孩的事。或許是因為想要欺負不會抵抗的人吧。

「前輩還愛著那個人嗎？」

前輩什麼也沒說。

「前輩的爸爸上吊的地方，要不要去看看？」

「才不要。為什麼要啊。」

說的同時前輩輕輕地笑了一下，不知為何覺得安心。

「……下一次見孩子是什麼時候？」

沉默了好一陣子的前輩向我丟出這個問題的時候，我正看著遠去的獨木舟，翻船吧、翻船吧，在心底許願著。但是今天完全沒有吹起足以讓獨木舟翻轉的風。

「……為什麼要問那種事？」

「因為我想見見畑中的孩子。」

「只是好奇吧。」

「一半，算是吧。」

「前輩真是個笨蛋。」

吵死了，前輩一邊說，一邊害羞似地把小石頭往湖面丟去。無數的圓在湖面上展開。

看著那些圓，我好像能夠理解為什麼那個看護的前女友會想要離開前輩了。應該是對於前輩的這種急速縮短距離的方式，感到害怕了吧。

前輩提議在我的公寓裡做飯，在我的反對之下，變成在購物中心吃飯。前輩雖然一直嘟囔，不過還是順著我的意思。走在餐廳並列的樓層時，前輩牽起了我的手。兩個人走的時候，前輩總是要牽著手。但是，與其說是和戀人牽手，感覺上更像是為了防止孩子走丟而牽著手。

「想吃什麼呢？」

如此說著的前輩停下了腳步和視線。我抬頭看前輩的臉，往他的視線的方向看了過去。一個女人。啊！應該是前女友，之所以這麼認為，是因為從她身上的短外套底下，可以看到像是某個機構制服的深藍色POLO衫。名牌插在胸前的口袋上。卡其色的休閒褲，配上腳底的布鞋。頭髮往後綁成一束，臉上沒有妝。那種老土的感覺、微弱的存在感。除了看護以外沒別的。

手上拿著星巴克咖啡，完全沒有留意到我們，快步地往美食街走去。嗯哼，我心想。

「前輩。」

前輩被我的聲音嚇了一跳，目光往下，看著我的臉。

「可以親一下嗎？」

我故意噘起嘴唇，前輩敷衍地用乾到不行的嘴唇，一瞬間觸碰了我的嘴唇。

「剛好，就這麼剛好，世界上沒有這種事，不是嗎？而且，我想你也沒有必要這個樣子。」

「什麼……」

「我的意思是，上一段戀情結束，於是談下一段戀愛，不會像是連接玩具的線路那樣剛好。如果前輩還愛著她，就那樣繼續愛著她也沒關係，不是嗎？」

我一邊說，一邊把胸部貼上前輩的手臂。

我不會是下一任女朋友。更何況，我總有一天會離開這個城市。

雖然我如此想著，但在我心中一點一滴萌生的究竟是什麼呢，我假裝不知道它的真實面目，刻意對著前輩撒嬌，依靠著他的手臂。

「老爸以前開的店就在這裡。」

前輩用拳頭敲打些許髒汙的灰色鐵捲門。

鐵捲門彎曲，發出沉重的聲音。表面上用紅色噴漆寫上的、意義不明的數字和英文字母，充分展現出這條道路的荒廢程度。而且，明明還不到晚上八點，許多店家早已拉上鐵捲門。街燈昏暗，人潮也很稀疏。與剛才為止所在的購物中心如同白色一般的明亮形成對比。可是，不知道為什麼，對我來說，在這裡反而能夠深深地呼吸。

在購物中心吃了不知所云、類似塔可飯的東西後，前輩和我在車站前連鎖的平價居酒屋大喝特喝。說著不管喝多少都不會醉，於是不斷地加點，等回過神來，眼前滿是空的啤酒杯。前輩和我的酒量都不好。兩個人看似直走，實際上則是緩緩地蛇行著。

喝醉的前輩試圖強行拉開鐵捲門，想當然鐵捲門完全沒有打開的跡象。

「有一天會成為某個人的店吧。」

前輩說著，這一次如同撫摸愛惜的物品般地摩擦鐵捲門的表面，看著手心、露出驚訝的表情。指尖全部變成了黑色。

「我的父親、畑中的父親，都沒能逃過呢。」

前輩說著，打開了剛剛在超商買的香菸的透明塑膠包裝。突然覺得想抽，前輩這麼說然後就買了。我沒有看過前輩抽菸。身上的煙已經抽完的我也拿了一根，用前輩的打火機點了火。我深深地吸入不算淡的菸，頭覺得暈暈的。

「要不要兩個人一起開店？在這裡。」

「不要。絕對不可能。」

我笑著說，同時脫掉穿在背心外面的襯衫。或許是因為醉了，我熱得受不了。前輩不發一語，眼光飄向我的乳溝。

「……我們的父親還有著夢想，到極限為止。但我們就連作夢的權利都沒有。只要失敗就絕對無法脫身。我們生在這樣的命運之下。」

前輩說著，把燃燒中的菸往鐵捲門上壓去。香菸前端的橘色火球支離破碎。男人的這種言論，我真的很討厭。

「我從來沒有想過這種事。前輩，你都是一邊想著這種事一邊工作的嗎？個性出乎意料的陰沉呢。」

我咯咯地笑，前輩的表情似乎有些生氣。

「我想去上大學。所以我正在拚命地存錢。我的生活過得很節約，前輩也是知道的。衣服和化妝品都沒在買。因為我想成為社會福祉士。前輩，一輩子當個看護真的好嗎？做牛做馬而且薪水又低。」

希望這一生，可以一個人活下去。不依靠任何人活下去。

我在心中呢喃。

前輩凝視著說個不停的我的臉。

「妳說得沒錯。」

「嗯？」

「夢想早忘得一乾二淨了……」

真蠢，前輩親吻如此說道的我。深深的、長長的吻。當男人開始這樣親吻，事情就不妙了。我要如何才能從這個男人、這個城市裡掙脫，我想是從那天晚上開始認真地思考。

我依然記得那手指的溫度。

從來沒有向任何人提起。

那是媽媽晚上也開始工作，與爸爸相處的漫長夜晚持續著的時候。洗完澡走出來，酩酊大醉的父親就站在那裡。帶著腥臭的酒味。爸爸以心術不正的眼神看著用一條浴巾包裹著身體的我。說實話，那個時候雖然還沒有過性經驗，不過曾讓同年級的男生摸過胸部。平時只顧著耍帥的男生，一旦摸到胸部，就會變得跟小孩子一樣，真是有趣。

「爸爸，可以喔，你想摸對吧。不過，那個呢，有個交換條件。要是我讓你摸胸部的話，你可以再做一次我喜歡的薩瓦蘭蛋糕嗎？」

我說，同時讓浴巾掉落在地上。爸爸右手的食指慢慢地靠近，觸碰我的乳頭頂端，然後用手掌包覆住整個乳房。左手也伸了過來，進行同樣的動作。我只記得爸爸的手指熱熱的。無數次揉捏我的胸部之後，

「……對不起。」爸爸只說了這句話，便離開了昏暗的走廊。

那個晚上之後，爸爸便再也不曾用奇怪的眼神看我。取而代之的，是持續不斷的無視。彷彿這個家裡沒有我這個人似的。爸爸好像也不記得那個晚上的約定。或許真的沒辦法吧，誰叫他老是在喝酒。我如此說服自己。

生下孩子，哺乳的時候，原本就很大的胸部又更加膨脹了。靜脈浮現，滴下白色的母乳。彷彿不是自己身體的一部分似的。孩子一次只能喝一點點母乳。只要嘴巴一離開，強勁地噴出的母乳便像是淋浴般地弄濕孩子的臉。小小的孩子，只要一喝母乳，便會疲累而睡著。每次打算讓半睡半醒的孩子睡在棉被上時，又會馬上醒過來。

只要我咋舌，放在那裡不管的話，一陣子過後哭聲便會越來越大。一抱起來，孩子便用細細的手指抓住我的乳房。明明只是嬰兒，那力道之強卻總是令我憎恨。而且，那個熱度，總會讓我想起爸爸的手指。

應該是在孩子出生後的第一個冬天，年底的時候。

參加公司聚餐的老公遲遲沒有回來。那天風很大，家裡明明沒有任何縫隙，窗外卻傳來讓人不舒服的聲音。門外好像有某種聲音。不是風的聲音。由於有時會有流浪貓狗出沒，我以為是那個聲音。彷彿也聽到了像是在轉動門把的聲音。孩子難得睡得很安詳。心想萬一是強盜，或是壞人該如何是好，我的心臟撲通地跳。過了一陣子，門外的聲音消失，於是我躡手躡腳地走進玄關，悄悄地打開門。

沒有半個人。不知道是不是被風吹走，裝燈油的紅色塑膠桶滾落在遠處。打算關上門時，喀嚓，聽到某個東西搖晃的聲音，仔細一看，門把上垂著一個白色塑膠袋。什麼東西、真是噁心，我心想，同時把袋子從門把上取下，關上了門。

打開塑膠袋裡的白色小盒子，瞬間聞到蘭姆酒的香味。裡面放了兩塊不怎麼好看的薩瓦蘭蛋糕。我用手拿出一個，站在玄關吃了起來。味道和小時候吃到的薩瓦蘭蛋糕大不相同。蛋糕表面上擠成一圈的鮮奶油有種說不上來的腥味，杏果醬的味道也怪怪的。或許是在糖漿裡泡太久了，咬下的附近乾巴巴地崩落。過多的蘭姆酒，導致像是在喝酒似的，某個溫熱的東西滑落到胃裡。

我把咬到一半，以及另一個完好的薩瓦蘭蛋糕收進冰箱。我用食指抹去沾在鼻頭上的鮮奶油，用舌頭舔著的同時，恍惚地想著，這個薩瓦蘭蛋糕，或許是爸爸最後一次為我做的蛋糕了。

再一次見到那個人，是在車站的咖啡專賣店。

梅雨季剛結束，上完大夜班的早上，我在車站前的銀行和郵局辦完事情之後，無所事事，茫然地看著車站大樓裡交錯的人群，喝著咖啡。

我的手上有個皺巴巴的信封。在公寓的信箱看到那封信時，立即把封口撕得破破爛爛的信封。來自前夫的信。前夫完全不會使用手機簡訊之類的，因此每當要指定與孩子見面的日期，或是有想要傳達的事情，便會寄信過來。前夫雖然學歷不高，不過字倒寫得很漂亮。信的內容明明已經讀到滾瓜爛熟，我坐在咖啡專賣店的木椅上，再一次從頭看到尾。

我手中握著信，不經意地抬頭。那個人從視線的左方走了過來。臉上的表情和之前在購物中心見到的時候完全不同。沒有疲憊，沒有低迷。挺直著背，彷彿是只專注於走路般地移動著。我不知道我為什麼要這麼做。我自木椅起身，慌張地走出店家，追在那個人的後頭。

在店裡的時候還沒有發現，那個人走路的速度很快。走下車站的階梯，越過圓環，往拱廊商店街的方向走去。那個人去了藥妝店，買了OK繃、化妝棉、防曬乳，去了便利商店，買了三片裝的吐司麵包、水果果凍。那個人似乎秉持不使用塑膠袋，手上提的托特包塞進購買的物品，逐漸圓圓地膨脹。

從無袖的黑色連身洋裝露出來的手臂很纖細。雖然只要從事看護工作，手臂自然會越變越粗。不像在購物中心見到的時候那樣綁成一束，垂到肩胛骨附近的頭髮左右搖曳。

商店街的深處即便是白天也很昏暗。雖然不知道那個人打算去哪裡，我小跑步接近她。我用手心輕輕地觸碰她的背。

靠近一看，我發現那個人的背和我幾乎沒有什麼不同。那個人用驚訝的表情注視我。

「前輩和我……」

那個人露出像是被人用外語攀談般的表情。

「已經沒有任何關係了嗎？」

如同在裝了水的杯子裡滴入一滴墨汁似的，困惑的表情在那個人的臉上逐漸擴散開來。

「我和海斗在同一個地方上班。那個……妳是海斗的、前、前女友對吧。」

那個人充滿困惑和恐懼的表情，在聽到海斗這個熟悉的名字之後，似乎逐漸地變得柔和。輕輕點頭的那個人的臉頰上，散落著淡淡的雀斑。海斗的嘴唇和舌頭一定也觸碰過這些雀斑吧。

「早就……完全、沒有任何關係了。」

我究竟是想要說什麼、想要問什麼，才跟在這個人後頭的呢。

「我呢，就快要搬家了……從這個城市裡消失……那個，妳是海斗的？」

我點頭。那個人淺淺地微笑，臉上的表情訴說著，原來如此，這樣的話妳大可放心。

這件事，前輩也知道嗎？雖然想問，但我想前輩應該不知道。我很了解前輩。要是他知道的話，應該會對我露出失望的表情。當我的腦中左思右想時，那個人低下頭，以剛才的速度往拱廊商店街的深處走去。彷彿與即便是白天也很昏暗的商店街同化似的，那個人的黑色連身洋裝越來越小，終於看不見了。

不知為何因此事而感到疲憊不堪的我，在自己的房間裡昏睡到傍晚。由於窗簾一直開著，我只是躺在床上，看著窗外變成橘色，再變成深藍色。雖然家事和學習、生活上必要的各種枝微末節的雜務都尚未處理，但從身體的根部感到疲憊，無法從床上起身。我仰睡，想著來自前夫的信、想著偶然遇見的前輩的前女友、想著前輩。想著想著，彷彿陷入泥沼般地再度沉沉睡去。

回過神，廚房那裡傳來聲音。

媽媽，在半夢半醒之間我不自覺地叫了一聲，也因此醒了過來。房間維持著黑暗，只有流理台上方小小的白色照明開著，前輩被朦朧的水蒸氣所包圍。在煮什麼呢，前輩正試圖將手中的雙耳湯鍋裡的東西倒出來。倒掉鍋子裡的熱水後，流理台發出叩咚的聲音。我悄悄地起身，往廚房裡的前輩靠近。

「嗚哇，嚇死我了。」

我從背後抱住前輩，前輩打從心底發出驚嚇的聲音。不知道那個人要從這個城市消失的前輩，不知為何令人十分同情。前輩轉過身，緊抱我的身體。我的身體完全地收進前輩的臂彎裡。

「想說做個馬鈴薯沙拉。剛剛在煮馬鈴薯。對不起，擅自進到房間裡。」

沒關係，我用搖頭取代了這句話。放置在流理台的銀色濾網裡，散落著表皮四處破裂的馬鈴薯。

令人同情的，不是只有前輩。

前夫的信裡寫著，由於要再婚，因此已經沒有與孩子見面的必要了。當我發現自己深深地被那封信裡格外禮貌的文章所傷，我十分驚訝。明明我不愛前夫，也不覺得孩子可愛。我同情已經丟掉前夫和孩子的我。以為已經丟掉，但其實被丟掉的，反而是自己。

「之前呢，畑中提到的大學的事，我有開始認真思考了。要立定計畫才行。一起去上大學吧。要是一個人的話，我一定會半途而廢的。」

前輩口中的夢想，彷彿溺水的人死命抓住的繩索。對我而言也是一樣。為了不讓自己漂流到比現在更下游的地方的，容易斷掉的安全繩。

「……也對之前的女朋友說過嗎？一起去上大學。」

前輩臉上的表情和今天的那個人一樣。被人用外語攀談般的表情。未曾承受過來自許多人的惡意的人所擁有的表情。

「我是想和畑中一起去。」

我試圖在心裡搜索現在就能深深傷害前輩的話。

但是，無論怎麼找也找不到那樣的話，這件事也令我驚訝不已。

不知怎麼搞的，八月的大夜班和高島小姐配班的日子很多。

「我去巡視一下。」

沒有看著我的臉，說完便準備走出房間。

高島小姐的態度依然沒變。只說最少限度的話，也沒打算看我。對於那樣的態度，我也已經開始習慣了。

過了一陣子，啪、啪、啪，傳來鞋子的聲音。高島小姐用快要哭出來的表情，把手撐在桌子上叫著。

「太田先生的、情況、不太對勁、好像喘不過氣的樣子。」

太田先生是位九十八歲的老爺爺。是個被預期再過幾個星期、或半年左右便將面臨死期的末期被照護者，因此這個機構的看護、護理師們都特別關注太田先生。

陷入恐慌的高島小姐，不知為何試圖尋找書架上的看護紀錄。冷靜點，我抓著高島小姐的手說。

「首先，叫救護車。然後聯絡護理主任，再來聯絡家屬。」

我說，同時急忙趕往太田先生的房間。躺在床上的太田先生，發出像是硬擠出來的聲音，反覆地呼吸困難。對我而言，面對被照護者臨終的經驗並不多。高島小姐的話應該是第一次吧。

「聯絡了嗎？」

來到太田先生床邊的高島小姐，用慘無血色的臉點頭。

痛苦的呼吸一點一點地變得平穩。轉眼間，微微浮現在太田先生臉上，像是活著的人的氣息，正慢慢地消逝而去。從走廊的盡頭，傳來許多人的腳步聲，以及救護車的擔架接近的聲音。

「如果，太田先生在這裡嚥下最後一口氣的話，我們要好好看著他。」

抽搐地哭著的高島小姐輕輕地點頭。我們兩個人握住了太田先生的手。救護車載著抱著如同熾火般的生命的太田先生遠去。不輸給救護車的鳴笛聲，高島小姐的哭聲更大了。

隔天的會議上，得知太田先生在被送往的醫院裡往生了。

「巡視的時候，是否應該更早留意到樣子的變化呢。太田先生家裡的人，也希望是在這個機構目送，而不是在醫院。」

在這個機構裡，我最受不了的護理主任，質問高島小姐和我。

「如果我……再早一點發現的話……太田先生。」

到這裡高島小姐便說不下去了。

「難道不是體制不夠完善的問題嗎？」

所有人的視線都看向突然大聲開口說話的我。

「很多時候，晚上都沒有護理師不是嗎？對於我們這樣的新人來說，負擔實在太重了。如果突然發生像昨天那樣的事情的話。說到底，在這個機構，護理師未免太過輕鬆了。只要出了什麼事，便要說是看護的責任的話，那我們這些新人也撐不下去吧……」

護理主任斜眼瞪著我。坐在桌子對面的前輩，好像有話想說似的使著眼色。令人窒息的沉默蔓延整個會議室。

「我、我們護理師，也是在有限的人數下，管理被照護者的健康。要是負擔比現在更重的話。」

護理主任開口，聲音越來越情緒化，音量越來越大。主任斜眼瞪我，我也故意把眼神閃開。沉默更加地沉重。彷彿用剪刀把險惡的氛圍剪碎似的，機構長以強烈的語氣開口說話。

「不是哪一方有責任的問題。想要用心照護，彼此應該都是一樣的吧。」

如同想要在中間取得平衡的天秤一般的機構長的話從耳邊通過。

「……的確，大夜班的緊急聯絡體制，儘快想些辦法比較好。……不希望離職的人再繼續增加了……」

最後的這句應該是機構長的真心話吧，我想。自八月以來，已經有兩位看護離職了。越是抱持著強烈責任感的看護，越是馬上燃燒殆盡，從照護的現場消失。雖說人才不足，新的看護還是源源不絕地到來。不過，對於工作的熱情，很快便會被現場消耗，而那個人本身也因此崩壞。現場的問題依然沒有解決。

會議是什麼時候結束的，回過神時，所有人開始從座位上起身。我的肩膀被拍了一下，抬頭一看，抱著檔案夾的前輩站在身旁。

「畑中，不用扮演壞人也沒關係的。說話的語氣再平常一些吧。」

那不是兩個人相處時的語氣，而是在職場裡前輩的口吻。

「不那樣的話，事情根本不會有進展，不是嗎？」

「我說妳啊，真的是，一點也不可愛呢——」

叩咚，前輩用檔案夾敲了我的頭，走出會議室。我壓抑著從背後抱住前輩的衝動，同時，在心裡，呢喃著，再見。

「啊、畑中小姐，要不要吃一點呢？」

太田先生的事情發生之後，第一次和高島小姐上大夜班。

正在翻閱看護紀錄的筆記的我抬起頭，遞到眼前的小型保鮮盒裡，裝著像是瑪德蓮蛋糕的東西。

「這個，是自己做的嗎？」

高島小姐紅著臉點頭。我拿了一個，放進嘴裡。我扭捏地吃著沒有香草精和白蘭地香氣的咖啡色塊狀物體，配著瓶裝綠茶吞了下去。

「我說……該不會是交到男朋友了吧。」

我捉弄似的說道，嘿！高島小姐沒有否認，發出奇怪的聲音。

「專門學校時期，同一屆的……」

我明明也沒問，高島小姐卻說起男朋友的事。之前的那件事後，高島小姐也開始縮短與我之間的距離。就像前輩那樣。

「不過啊，看護之間交往，通常都不會順利。工作的休假很難配合吧。即便打算結婚，兩個人的收入也都很低不是嗎……。找個不是看護的男朋友吧。不過，也很難吧，高島小姐的話，即便去聯誼……」

當我攤開著筆記，滔滔不絕地說著，高島小姐突然間站了起來。看著她低垂的臉，眼角的地方紅紅的。

「這個瑪德蓮蛋糕，送給男朋友了？說實在的，不怎麼好吃呢。多練習幾次再送比較好。身為出生在蛋糕店的女兒，我的嘴可是很挑的。對於糕餅類的要求很嚴格呢。」

「我去巡視一下。」

沒有看我的臉，高島小姐說著，同時走出了房間。我想她應該在廁所，或是陰暗的走廊角落哭泣吧。剛剛高島小姐給我的保鮮盒還好好地放在桌子上。我拿了剛才吃過，像是瑪德蓮蛋糕的東西，直接咬下去。雖然有點太甜，但還不差。以家用烤箱製作的來說，已經相當好吃了。

「兒童餐和冰淇淋蘇打。還要一杯咖啡。」

我說完，把菸灰缸拉過來、點了菸。當我吐煙時，孩子的眼睛眨啊眨地。

坐在眼前的孩子，離上一次見面時，又長大了許多。由於每天只和老人相處的緣故，我的眼睛無法適應孩子的青春，以及生命力的旺盛。沒有斑點，也沒有皺紋的皮膚令我刺眼。

孩子用湯匙吃著兒童午餐裡的奶油炒飯。上一次見面的時候明明邊吃邊掉，今天卻已經不會掉了。我不經意地想，成長是能做的事情越來越多，而老化則是能做的事情越來越少。我沒有給這個孩子吃過自己做的料理。唯一做的，只有讓他喝過自然湧出的母乳。那樣是否也有幫助到孩子的成長呢。

前夫的來信中寫到，和孩子兩個人從老家搬出來，在再婚對象老家所在的城市開始了新生活。信裡附上了在類似遊樂園的地方所拍的，三個人的照片。孩子抱著蹲著的那個人，臉上浮現著笑容，照片裡看起來最為緊張的則是前夫。看起來是個既堅強又溫柔的人。比前夫大七歲，離過一次婚。似乎沒有孩子。聽說是美容師。萬一前夫有什麼狀況，那個人是美容師的話，孩子應該也活得下去。

「這個。」

孩子給我一個小小的果凍。

「怎樣。」

「打不開。」

如同甲蟲的飼料一般，裝在小小的杯子裡的果凍。某天，給前輩的便當裝不滿的時候，我也曾經放入這種果凍。我把香菸夾在指間，啪地一聲撕開封膜，交到孩子手上。謝謝，孩子說著，同時把杯子咬在嘴邊。

「你要記住。」

孩子帶著些許緊張的表情看著我。

「你的爺爺呢。……雖然還沒有死，不過可是個技術高超的蛋糕店老闆喔。所以，你將來呢，也開間蛋糕店吧。還有，長大成人之後，對於酒類要特別小心。懂了嗎？」

明明不可能聽得懂，或許是被我說話的氣勢壓倒，孩子輕輕地點頭。

「長大開了蛋糕店以後，要做給我吃。我喜歡的，是一種叫做『薩瓦蘭』的蛋糕。

你說說看。」

「薩蘭、瓦。」

「不對。薩瓦蘭。」

「薩蘭、瓦？」

「就說不對了。」我說著，忍不住笑了出來。孩子見狀也笑了。

「薩瓦蘭。」

「薩瓦、蘭。」

「就是這樣。」

不知道是不是覺得這個單字的發音很有趣，薩瓦蘭、薩瓦蘭，孩子開心地在口中重複著。不過，應該馬上就會忘記了吧。今天所見到的我的臉也是。我所說過的話也是。

「保重喔。」

在充滿著帶點白色的夏日陽光的停車場裡，前夫如此說著，用覺得刺眼的表情看著我。

「這個，說是要給妳的。」

前夫說，給了我一個小小的信封，說著再見的同時鑽進車子裡。

今天是最後一次和我見面的事並沒有告訴孩子，前夫對我說。孩子像是被兒童座椅的安全帶綁住似的坐在後座、看著這裡。我把頭伸向打開的車窗，說了掰掰之後，孩子的表情一如往常地彆扭。薩瓦蘭，孩子邊哭邊說。

「沒錯。薩瓦蘭。」

我把孩子的頭髮搓得亂七八糟，說著再見的同時離開了車子。我右手高舉著孩子給我的小小的信封，看著車子駛離停車場，混入國道的車陣裡。

在堆滿搬家用紙箱的公寓裡，我打開了那個小小的信封。

我沒有開燈，打開了被折疊起來的紙。白色的紙反射從窗戶照進來的街燈的燈光，在黑暗中發著光。

大大的圓圈裡，以兩個點畫出眼睛。下面的嘴巴是大大的、往上的弧線。再下面是手和腳。媽媽，畫的下方寫了兩個好不容易才看懂的字，這個指的是新的媽媽。又或者是。

聽見鑰匙開門的聲音。因為不想被看到現在的臉，我急忙躲進紙箱後頭。不知道裡面裝了什麼，前輩兩手提著看起來很重的白色塑膠袋進到屋裡。砰地一聲，前輩把塑膠袋放在廚房後，往這裡走了過來。前輩發現了我，蹲了下來，捏我的臉頰。他的手指頭應該因此濕了。

「哪裡都別去。」

「這是我的台詞吧。」前輩說完便笑了。

我可以在這個城市再待一下嗎？

而，這個難纏的男人，又會把我帶往何處呢？

迷亂的虹膜

走出陽台，收回兩人份的衣物。把吹了一整天這片土地特有的風，全乾的毛巾和內衣褲往客廳的地板上一放，轉瞬間便在米白色的地毯上形成了一座山。回頭一看，公寓前面是住戶的停車場，由於前方沒有特別高的建築物，因此從這個位於二樓的陽台，也可以看到夕陽天空下一整排的山。從這裡開車往東的話，大約一個小時就能到海邊，不過這裡感覺不到海的氣息。唯有強風吹拂的日子，空氣中會混著些許潮水的氣味。話雖如此，自從搬到這間公寓以來，便再也沒有近距離地感受過大海的存在，也不曾接近過大海。

在我出生和成長的城市，之前工作的特別照護養老中心，旁邊就可以看到如同背景布幕般的富士山。它總是在那裡。從老家雖然看不到，不過我經常意識著富士山在哪個方向而生活著。提到富士山，對我來說就像是磁鐵的N極一樣，想要知道自己現在身在何處的時候，只要仔細想想富士山在哪個方向便能明白。

從我離開那個城市，一晃眼已經過了兩年半。

來到這個城市，住進宮澤先生的家，首先我考了汽車駕照。由於雙親因車禍身故，因此對於考取駕照有些抵抗，但是在這個城市，不開車的話是無法生活和工作的。我想和以前一樣在照護機構工作，卻事與願違。這個城市的看護比我想像得還要更多，機構卻相對地少，需要照護的老人，大多數使用居家照護服務。

求職經過一段時日，好不容易被居家照護的公司雇用，只在上午時段工作。和在販售影印機的公司擔任業務的宮澤先生，在生活節奏上可以彼此配合，對於開始共同生活的兩個人而言，或許是件好事。但是，實際上，從事業務工作的宮澤先生由於加班或應酬，總是晚歸，很多時候都是在我鑽進被窩，過了午夜之後才回到家。

一個人度過的夜晚，我想起的不是富士山，也不是曾經在那個城市一起生活的海斗，而是把我養大的那個家。和爺爺生活的那個家。又老又破，被附近的孩子稱為妖怪之家的那個家。坪數比家還要大的庭院，紅銹的大門。彷彿只是短暫出門旅行似的，只鎖上了門便離開的那個家。家具和絕大部分的衣物都還留在那個家。唯獨雙親和爺爺的牌位，無論如何都想帶在身邊，我用柔軟的全新毛巾將它們包起來，放進行李箱的角落，帶來這裡。我也不知道這樣做到底好不好。搬來這間房子的時候，我首先取出了牌位，放在房子裡的板凳上。

雖然白天的時間變長，但黃昏一轉眼就結束。當太陽西沉，天空染上黑色時，這片土地特有的刺骨冷風便會從腳底竄上來。茫然地看著天空的我，注意到自己呼出來的空氣是白色的，急忙回到屋子裡。由於這份工作的性質，我不能感冒，更不能傳染給任何人。關上落地窗，燈光所照亮的屋內和我映照在窗上。我貼近落地窗，對著玻璃大大地哈了一口氣。我用手指觸碰起霧的玻璃，本來想畫些什麼，可是完全不知道要畫什麼好，所以畫了許多個圓圈。大大小小的圓圈。那些圓圈看起來就像是小時候和爺爺一起喝的汽水的氣泡。

「那麼，我出門囉。」

話才剛在耳邊響起，馬上聽見玄關門關上的聲音。然後是上鎖，接著是好幾次扭轉門把進行確認的聲音。走過走廊，有些拖著腳走路的腳步聲。我窩在被子裡聽著那些聲音。

我遇見宮澤先生的時候，宮澤先生是在新宿擁有事務所的設計師。宮澤先生的事務所接下了我畢業的專門學校的手冊案子，被強迫登上手冊版面上的我，遇見了宮澤先生。我和宮澤先生上床，重蹈覆轍後便離不開他了。和宮澤先生失去聯繫之後，是海斗帶我到宮澤先生的事務所。在那之後，我靠著臉書得知宮澤先生的動向，又開始了聯繫。宮澤先生把經營不下去的事務所收拾得一乾二淨，在與東京相距甚遠的這個城市找了份工作。

現在的宮澤先生，不是我第一次遇見的那個宮澤先生。頻繁修剪的短髮，每天穿著西裝到公司上班。那種不隸屬於公司的人所擁有的，把工作當成玩樂的隨興氛圍，已經被漂白得一乾二淨，宮澤先生彷彿變成了另外一個人。我從來沒有不喜歡那樣的宮澤先生。我現在還是愛著宮澤先生，對於能夠共同生活而覺得高興。只不過，兩個人之間，在那個城市、在我的家、在我心中的那種類似狂熱的東西已經不存在了而已。

我看了看床頭的時鐘。發現自己比想像中恍惚得還要久，我匆忙地從被子的溫暖裡抽身。室溫低到當我身穿一件睡衣，打開拉門走入客廳時，身體馬上覺得寒冷。或許是連打開暖氣的時間也沒有，便急忙出門了吧。已經好幾個月沒有一起吃早餐了。宮澤先生的工作總是忙得不可開交。

我洗了臉，吃了吐司和杯湯當早餐，化好簡單的妝，換上制服出門。由於頭髮綁在後頭，刺骨的冷風讓露出來的脖子越發覺得冷。

我在縣道上開著輕型車。這個城市和我之前住的城市沒有太大的不同。車站前面雖然有著有模有樣的商店街，卻說不上有生氣。再遠一點的地方有大型購物中心。只要到那裡，什麼東西都買得到。我已經分不清那個城市和這個城市之間的差別了。像是放在薄紙上的描圖紙一樣，那個城市和這個城市很像。只是沒有富士山而已。

我在開門前十分鐘抵達公司。結束與上司和同事的簡短會議後，確認今天的行程。我目前負責兩個地方。一、三、五去三好家。二和四則前往梅田家。在特別照護養老中心的時候，一整天的行程會被決定好，只需按表操課即可。然而居家照護必須前往被照護者的住處，一對一地進行沐浴和用餐的協助，有時還要包辦買東西和煮飯、洗衣服等家事。等於看護兼家庭幫傭。和特別照護養老中心相比，工作內容更加地客製化。

剛開始在這個城市工作的時候，對於要進入被照護者的家中進行照護，總覺得不太習慣。與被照護者之間的距離越近，要留意的細節也就越多。而且是在密室裡，一個人擔負所有責任。不過另一方面，和被照護者相處的時間相對來說比較短。於是我漸漸地習慣了這份工作。

今天是前往獨居的梅田先生家的日子。上個星期，我在購物中心買好了被託付的物品，前往位於郊外的梅田先生家。小小的兩層獨棟房子。屋頂的顏色和陽台的外型，給人一種年代久遠的感覺。梅田先生一個人住在這裡。

「你好」話還沒說完，我已經用公司給的鑰匙打開門，進入屋內。馬上聞到一股如同輕微發霉般，梅田先生家中特有的味道。不只是梅田先生家。從事居家照護的工作以來，我發現每個家的味道都不太一樣。這樣的話，我和宮澤先生住的公寓裡，應該也有著某種味道，但是即便每天回到家，我也感覺不出來。自己住的地方的味道，只有自己以外的某個人才知道，這一點讓我覺得有些可怕。

昏暗的走廊，裝設著梅田先生用的扶手。穿過走廊，在向陽的起居室裡，梅田先生坐在單人沙發上。雖然是八十一歲的老爺爺，但除了聽力有點退化外，頭腦依然十分清楚。頭髮與其說是白色，更接近銀色，身上也沒有多餘的贅肉。總是乾乾淨淨的，身上的深藍色毛衣也沒有任何毛球。自從兩年前腦梗塞後，左半邊行動不便，雖然無法從事料理和洗衣服等家事，但語言溝通上沒有任何問題。

梅田先生的太太三年前因癌症過世，獨子一家人則在東京生活。申請居家照護的是梅田先生的兒子，因此照護的規畫和報告、請款明細等都是寄給他的兒子。梅田先生的膝蓋上蓋了一條紅色格紋的圍毯，眼睛像是刺眼般地瞇成一條線。梅田先生前方的小桌子上，淺桃色的仙客來花盆和梅田先生一樣沐浴在陽光下，朝下綻放的花瓣邊緣閃閃發亮。

「今天看起來也很有元氣呢。」

聽到我這麼說，梅田先生微微點頭。起初，曾以為是心情或身體狀況不好，後來發現並非如此。梅田先生只是極端地寡言而已。我測量了血壓和體溫，確認梅田先生的臉色。今天也沒有任何異狀。

「梅田先生交代的和菓子，我可沒有忘記買來喔。」

我舉起手上的白色塑膠袋給梅田先生看，他的右臉頰看似微微上揚地微笑。

我前往廚房，開始準備午餐。梅田先生的兒子說，父親長年以來沒有吃早餐的習慣。我不做沒有被交代的事情。介入生活的界線是由委託照護的委託人決定的，無法擅自踰越。

在用小火煮加了許多切成小塊的香腸和蔬菜的燉菜時，我用洗衣機洗衣服、打掃房間。除了梅田先生活動範圍的一樓，二樓也被交代要打掃。我提著沉重的吸塵器，走上陡峭的樓梯。二樓雖然只有一個梅田先生的兒子過去使用的三坪大小的房間，以及擺放衣物收納盒和紙箱、類似儲藏室的兩坪空間，但或許是由於我每個星期打掃兩次的緣故，看上去並不覺得髒。兩坪的空間連吸塵器也進不去，所以我只能打開窗戶通風，用小掃把和畚箕把些許的灰塵清掉。

三坪的梅田先生兒子的房間裡，有書桌和椅子、單人床以及書架。牆上貼著不知道名字的樂團的海報，書桌上放著某種公仔。高中的教科書，以及寫著大學校名、紅色封皮的題庫仍插在書架裡。床上蓋著床套、鋪著床單，我依照指示，每個星期更換一次床套和床單。住在東京的梅田先生的兒子，明明已經有個上國中的孩子，本身也四十五歲左右了吧，但這個房間卻保持著現在依然住著一個高中男生的狀態。

打掃完二樓，我提著吸塵器移動至一樓的房間。一樓有廚房、浴室、廁所、起居室、然後是梅田先生的寢室，以及最裡面放置佛壇的和室。我盡可能仔細地打掃每個空間。由於每次都會做相同的事，其實也沒有特別髒的地方，不過我還是會花時間把每個角落打掃乾淨。

我試了一下燉菜的味道，再加了一點點的鹽，洗衣機洗滌完畢的聲音響起，於是我走向浴室旁的洗衣機，把洗好的衣物放進塑膠籃。然後把它們晾在庭院的曬衣架上。庭院不大，光是曬衣架就填滿了整個空間。不過硬是勉強的話，庭院的角落或許可以弄個小花壇。

請幫我買花過來，梅田先生經常如此拜託我。供奉在太太佛壇上的花，梅田先生不是以「買花」，而是以「買水仙」、「買菖蒲」、「買波斯菊」等具體花名來交代。放在起居室的仙客來也是依照梅田先生的希望買來的。梅田先生想必是個對於每個季節所盛開的花十分了解的人。

我甩了幾下雙手中的毛巾，晾在比我還要高的曬衣竿上。今天的氣溫果然還是很低。雖然出了太陽，但曬衣服的過程裡，我的指尖泛紅，陣陣地抽痛。

一轉眼已經上午十點了。我把早餐兼午餐的飯菜交給不吃早餐的梅田先生。剛剛煮好的燉菜、煮得鬆軟的白飯，以及裝在茶杯裡的冷焙茶。把那些放在托盤上，擺在起居室的桌子上。

「請用餐。」

我說著，坐在梅田先生的旁邊。梅田先生用照護用的湯匙，把切成小塊的蔬菜放進嘴裡。滿是皺紋的嘴巴周圍如同描繪著圓圈般的咀嚼食物。對於食物，梅田先生沒有好惡、也沒有食欲的波動。真的是個很好照顧的被照護者。雖然花了一點時間，但飯菜一點不剩地吃完，焙茶也喝完了。稍作休息之後，再把梅田先生移回剛才的單人沙發上。收拾完餐具，到準備晚餐之前的時間，我們會到附近散步兼復健。

讓梅田先生上完廁所後，挑選外出用的衣物。今日氣溫驟降，我讓梅田先生穿上外套，圍上圍巾，戴上毛線帽。

「要戴上耳罩嗎？」我問，梅田先生搖了搖頭。幫梅田先生換衣服的時候，梅田先生一句話也沒說。只是任憑擺佈。雖然如此，我還是開口說出接下來要做的事。

「坐到玄關的輔助椅上吧。」

「我要綁上鞋子的帶子囉。」

這是身為照護者的基本動作。對於攀談沒有得到回應也很習慣了。不過，當我獨自對著梅田先生發出聲音時，總覺得聲音咻地一聲，被梅田的身體和這個家給吸了進去。

打開玄關門，走到外面。我也在制服外面套了件羽絨外套。雖然日正當中、早上那股刺骨的寒意有稍微緩和，但只要走進陰涼的地方，便會被令人顫抖的寒意所包圍。我打算用比平常更短的時間結束散步。穿過梅田先生家所在的住宅街，渡過小橋，走到托兒所附近然後折返，這是固定的散步路線。

使用枴杖的話，雖然速度不快，但梅田先生是能行走的。這條路罕見地幾乎沒有車子會開進來。叩咚、叩咚，梅田先生的枴杖在柏油路上發出聲音。和麻雀差不多小的兩隻小鳥，降落在梅田先生和我面前。

啾——唧——啾——。啾——唧——啾——。

小鳥以具有特色的鳴叫聲反覆地叫著。

「這不是麻雀吧。是什麼鳥呢。」

「蘆、蘆鵐。」梅田先生用卡著痰的聲音說。

那是我今天第一次聽到梅田先生的聲音。

「蘆鵐？」

「對。」

梅田先生停下腳步。

梅田先生的全身大幅度地前後晃了一下，我伸手扶住梅田先生的腰。

「住在、蘆葦草原、裡面。剝開蘆葦的莖、上面的皮、吃裡面的蟲子。」

梅田先生斷續地、用小小的聲音自言自語般的說。

「您非常了解呢。梅田先生。」

我一邊說一邊抬頭，梅田先生右臉的表情變得柔和。

好一陣子，梅田先生看著那對蘆鵐，等到兩隻小鳥像是在這裡待膩了一般飛走了後，便繼續開始行走。和梅田先生的散步，讓我想起和爺爺的散步。小時候，經常在星期日，走在由那個家通往深山裡的路上。海斗也經常開車載著心不甘情不願的我去湖畔。自從搬到這個城市以來，我和宮澤先生從未像那樣去散步或是遠行。

過了橋，花了一段時間總算來到托兒所前面。平時，梅田先生總是期待看見在庭園裡嬉戲的孩子，但今天不曉得是時間過早，或是太冷，庭園裡一個人也沒有。如同玩耍到一半的孩子們突然消失了蹤影似的，沙堆裡的小山原封不動地留在原地，五顏六色的鏟子和水桶隨處丟著。梅田先生右手抓著綠色的圍欄，對著空無一人的庭園看了許久。走到這個托兒所大概花了二十分鐘吧。

「要不要休息一下呢？」

托兒所前面，有個巴掌大的公園和長椅。雖然我這麼說，梅田先生卻搖頭。

「那麼，回去您的家吧？」

聽我這麼一說，不知道覺得哪裡好笑，梅田先生表情扭曲，笑出聲音來。

「啊，回家，是吧。回去我家。好，回去吧。」

梅田先生笑著、抑揚頓挫地說道，把枴杖往前約半步，沿著和來的時候相同的路，再度緩慢地開始行走。梅田先生的笑似乎感染了我。兩個人呵呵地笑著，走在風比來的時候更強的回家路上。

目前的工作最晚會在六點前結束。在那之後開車順道去超市買晚餐的食材，是我每天的習慣。宮澤先生回到家，有時候會吃我做的晚餐，有時候不會。即便早上，對於我問的「今天要準備晚餐嗎？」明明回答了「要吃」，但到了隔天早上，包著保鮮膜的盤子仍維持著昨天晚上的狀態。後來，我便索性不再問，直接煮兩人份的晚餐。吃剩下來的，便成了我隔天的便當菜。

我用買來的肉和蔬菜，做了幾道簡單的菜。我本來就不是很擅長料理。不過，來到這個城市，從事居家照護的工作後，需要在被照護者家中下廚的機會便增加了。我買了許多料理書，在網路上搜尋食譜來學習料理。雖然稱不上頂級美味，不過味道說得過去的簡單料理我都會做了。在把味噌溶解到小湯鍋裡時，傳來LINE的訊息。宮澤先生傳來的。

〈日奈，我現在要回家。要不要買什麼東西回去？〉

我不經意地看了時鐘。還不到晚上八點。更何況宮澤先生幾乎沒有在回家前傳過LINE或簡訊。

〈辛苦了。不用。回家路上開車小心。〉

雖然如此回覆，我卻忽然擔心了起來，宮澤先生是不是在公司發生了什麼事。十分鐘不到，公寓前面的停車場便傳來停車的聲音。走過走廊的腳步聲不是拖著腳，而是像小跑步般跑過來的聲音。我回來了，我聽到宮澤先生大聲地說。就連那種聲音我也許久不曾聽過了。

「你回來了。今天很早下班呢。」

「工作，成交了。」

宮澤先生像個小學生似的說。

「什麼？」

「工作，終於成交了大筆的生意。」

宮澤先生喜形於色。我頭一次看到宮澤先生的那種神情。宮澤先生抱住了正打算要說「恭喜」的我。宮澤先生連大衣都還沒脫下來。宮澤先生的臉頰冰冰的，身上有股冬天的、外面的味道。宮澤先生不發一語，把臉埋進我脖子裡。該不會在哭吧，雖然我這麼想，但又好像不是。我把手擺在宮澤先生的背上。就這樣持續了好一陣子後，宮澤先生終於放開我的身體。

「早知道這樣，應該做些更豪華的料理。今天只是隨便煮煮而已。因為我不知道宮澤先生是不是也要回來吃。」我說，同時覺得這話聽起來好像有些討人厭。

「只要有啤酒就行了。」

宮澤先生說完，在流理台簡單地洗了手，只脫掉了大衣便打開冰箱，拿了兩罐啤酒。我把玻璃杯放到桌子上，宮澤先生倒了啤酒。

「恭喜。」我說。

宮澤先生一口氣喝光整杯啤酒。

宮澤先生抓住我正打算喝啤酒的手，把玻璃杯放到桌子上。宮澤先生抓著我的手，深深地吻我。宮澤先生帶有啤酒味的舌頭，伸進尚未喝到啤酒的我嘴裡。我們就這樣倒進沙發裡。我和宮澤先生彼此都僅脫下自己的內衣褲。持續接吻的同時，宮澤先生進入我的體內。我順理成章地接受。我和宮澤先生的身體已經契合到這種程度了。

這間公寓和我之前位於山裡的家不同。牆壁也很薄。我用手摀住自己的嘴巴。我已不再像那個時候，只是把兩隻腳張得開開的，我已經學會把腳踝放在宮澤先生的屁股上，保持深深進入的狀態。和在那個家的時候相比，我希望更深，盡可能地、更久地停留在那個位置。不過，宮澤先生卻一副馬上就要高潮的樣子。我彎腰。宮澤先生抓住我的腰，往更深的地方推進。眼前的宮澤先生的領帶搖擺著。我抓著領帶尾端達到高潮後，宮澤先生也高潮了。

在和宮澤先生做愛後，我才明白那是一種快感。不過，就連那種快感我也已經習慣了。光著屁股的宮澤先生仰頭喝下玻璃杯中的啤酒。潔白的燈光就這樣照在沉默的兩個人身上。

隔天是休假。睜開眼睛，便聞到咖啡的味道。

睡在旁邊的宮澤先生不見人影。從被窩裡起身，看見宮澤先生站在廚房裡。這是來到這個城市後第一次見到的光景。

在我一星期只有一次的休假，宮澤先生多半也會出門工作。因為有做不完的工作。因為客戶那裡出了問題。基於那些理由，宮澤先生會和平日一樣到公司去。可以休假的時候，前一天多半也會和同事、上司或客戶喝了酒後才回家，然後一整天在被窩裡睡覺。通常我不會叫醒因工作而疲累的宮澤先生，在廚房的桌子讀我的書。

「早安。」

或許是感受到我的氣息，宮澤先生回過頭說。手上的平底鍋裡是炒蛋。

「早、早安。」

「今天可以休息一整天，我們一起過吧。」

宮澤先生說，把裝了咖啡的馬克杯遞給了我。宮澤先生的手心伸向我的頭。

「頭髮睡得亂七八糟呢。今天我們到遠一點的地方去吧。」

宮澤先生說完笑了。

「要不要到海邊去？」

吃完早餐的時候宮澤先生說。

宮澤先生開車從公寓前往海邊。出了城市後，在田園間的小路上行駛了好一陣子。

「這或許是我第一次看海。」

我在車子裡這麼說，宮澤先生發出驚訝的聲音。

「這樣啊。日奈之前住的地方不靠海嘛。」

「小時候應該有和爸媽去過，但我什麼都不記得了。」

「那就等於是第一次看海囉。真是太棒了。」

被宮澤先生這麼一說，我心中產生一種近似恐懼的心情。

穿過田園後，白色水泥建造的防波堤映入眼簾。根據導航系統的說法，大海應該就在旁邊才對。可是，由於防波堤的緣故，大海遲遲無法進入視線範圍。

從新聞報導得知防波堤是在去年十一月完成的。職場的上司和同事也曾經聊到這個話題。防波堤在偌大的停車場前方綿延。

「下去走走吧。」

宮澤先生把車子停在停車場，我們下了車。

大海吹來的風在我耳邊捲起漩渦，發出金屬般的聲音。雖然也聽得見海浪的聲音，但眼前的防波堤遮住了視野。靠近一看，赫然發現那防波堤遠比自己想的更低、更短。

「原來這麼低呀。」

我一邊走上白色的階梯一邊說。

「聽公司的人說這一帶都是填土填出來的。」

宮澤先生直視著前方說。

走上階梯頂端，終於看到了大海。現在或許是退潮的時間，平靜的海浪拍打在沙灘遠方，交疊、然後遠離。和湖泊完全不一樣。看不到對岸。筆直的水平線，大海往左右無盡延伸。看著大海，我想最讓我吃驚的是，我的內心感到非常地平靜。

太陽尚未到頭頂，由斜上方照著我和宮澤先生。天空的藍色裡，似乎已經有了春天的氣息。不覺得冷。停車場裡雖然停著幾輛車，不過現在這裡只有我和宮澤先生。宮澤先生走下通往沙灘的階梯。我跟在宮澤先生後頭。

沙灘上有著因海浪和風而形成不可思議的模樣。沒有半點垃圾，如同混著細小的玻璃碎片似的，沙子閃閃發光。

我和宮澤先生保持沉默，各自看著大海。

我蹲下來，用手心拾起一把乾燥的沙子。和那個城市的，湖畔的黑色土壤完全不一樣。沙子好輕、好乾淨，清爽地從指縫間流走。我覺得很像是火葬場的人最後用畚箕收集的細小骨灰。

前方的宮澤先生轉過身，走向階梯，於是我也跟在宮澤先生背後。走上階梯的途中，我發現了清澈的藍色玻璃碎片。正當我想要撿起來時，發現白色階梯的影子也是藍色的。也許是染上了天空的藍色吧。雖然我把玻璃碎片拿在手上，但猶豫一下後還是放回了原處。總覺得不應該把它帶回家。

突然，階梯頂端颳起一陣強風。風強到幾乎可以把我的身體吹走。正當我想要抓住宮澤先生的手，宮澤先生用手把我拉了過去。

「我能待的地方啊。」

宮澤先生話說到一半便陷入沉默。是只有這裡，或是不只這裡呢。宮澤先生沒有把話說完。我可以到任何地方。就連離開那個城市時，也不需要多大的勇氣。只要能和宮澤先生一起生活的話，去哪裡都可以。所以我才追到這裡來。我從懷裡抬頭看宮澤先生。從第一次見面到現在，宮澤先生老了四歲。我也是。可是，歲月的重量，在我和宮澤先生的身上有著顯著的不同。宮澤先生會一直和我在一起嗎？會一直和我生活在一起嗎？不結婚也無所謂。我只盼望兩個人的生活盡可能地長久。

「可以一直和我在一起嗎？」

明明從來到這個城市後便一直心想著，我卻連一次也沒有向宮澤先生傳達過這份心意。大海傳來低鳴聲。我不禁想起，現在看起來十分平靜的大海，總有一天，會變成吞噬一切的狂亂大海。

打開玄關門時，覺得好像有人跑進走廊盡頭的門裡。

「打擾了。」我一邊說，一邊脫下鞋子，走進屋裡。

今天是前往三好太太家的日子。和只要我稍微加以協助，幾乎就能過著正常生活的梅田先生不同，三好太太幾乎一整天躺在床上。當然，也無法一個人行走、吃飯和沐浴、更換衣服等。而且，也罹患了失智症。雖然不會大聲喊叫或是遊蕩，但要是被問到姓名的話也回答不出來。雖然臥床的原因和梅田先生一樣是腦梗塞，不過需要特別留意身體狀況的突然變化。三好太太雖然和長男夫妻同居，但由於兩個人都在工作，無法照顧三好太太。在三好家的妻子結束兼職工作回到家的下午三點為止，由我在這個家照顧三好太太。

剛剛，某個人跑進去的房間發出些微聲響。我試著不被那聲音影響，迅速地完成替三好換紙尿褲，擦拭身體，穿上衣服。

三好太太被安置在面向陽台，日照最充足的房間。不過，房間裡有張書桌，不知為何桌子上丟著破爛且攤開的課本。椅子上有皮製的書包。書包上有白色麥克筆的塗鴉。我刻意不去看它。兩房的這間公寓的這個房間是三好太太的房間，同時也是這個家的孩子的房間。

起初來到三好太太家的時候，曾以為是學校活動的補休日之類的，不過來了好幾次之後，我便明白是怎麼一回事了。那個孩子，也就是這個房間的另一位主人，沒有去學校上課。其他的日子我不知道，但至少在我到三好太太家的時候，那孩子都沒有去上課。

在我每個星期三天看護三好太太的期間，那孩子都無聲地藏身在公寓的某個地方。從放在房間裡的物品、書架上的小東西看來，應該是個女孩子，但我連她的名字也不知道。在看護工作開始前的面談，那個孩子的名字也沒有被提到。說不定，就連三好家的夫妻，也不知道她沒有去學校上課的事吧。

我幫三好太太翻身，為了不讓陽光直接照在三好太太臉上，我拉上蕾絲窗簾。三好太太昏沉沉地持續睡著。我走向廚房，打算準備午餐。三好太太可以從嘴攝取營養。冰箱裡有準備好的食材。包上保鮮膜的白飯。胡蘿蔔、菠菜、雞肉。我用高湯把它們煮到不需要咀嚼的程度，再用攪拌棒絞碎至看不見食材形狀，再用太白粉勾芡以便吞食。只要做出像是嬰兒的離乳食的東西就可以了。準備用不到三十分鐘。我把裝在碗裡的餐點、茶、飯後的藥放上托盤後，走向三好太太的房間。我調整了床的角度，在三好太太的脖子上圍上毛巾。

「吃飯囉。」

聽到我這麼說，三好太太用混濁的眼睛看我。我用湯匙一點一點地餵食。三好太太胃口很好。碗很快便空了。讓三好太太喝完茶，吃完藥後，我走出房間。我打算趁這個時候吃帶來的便當。我洗了手，打開了裝著昨天剩菜的便當盒。宮澤先生昨天也沒有吃晚餐。從宮澤先生告訴我成交大筆生意的那個晚上，已經過了一個星期。宮澤先生只有那天比較早回來，之後就又變成晚歸了。有時宮澤先生身上沾滿酒和香菸的味道，搭計程車回來。自從去看海後，兩個人之間幾乎沒有對話。我們兩個人究竟該何去何從呢。我努力不去執著於浮現出一次的念頭，直到睡前不停地讀書。

打開拉門，我斜眼看著三好太太的樣子，同時吃著便當。喀咚，從某個房間傳來聲音。那孩子白天到底吃什麼呢，每次來這個家的時候我都會想。因為我在這裡，想必也很難到廚房來吧。我喝了裝在熱水瓶裡帶來的茶。從餐桌這裡，可以看到三好家的妻子早上曬的衣物在陽台上隨風搖擺。我被交代把那些衣物收進來並且折好。

以二月來說，今天的氣溫相當地高，空氣也很乾燥。應該已經乾了吧，我想，同時站了起來，打開連結陽台的落地窗。我摸了一下曬在那裡、較厚的浴巾，似乎再曬一下子會比較好。轉過身時，那孩子就站在附近，我差一點就叫出聲音。身高比嬌小的我還要矮。說是小學生也很合理。差不多國一吧。及肩的頭髮像墨水一樣黑，也很粗。眉毛的形狀和粗細感覺和三好太太很像。穿著像是上體育課時會穿的紅豆色運動服，不知道為什麼捲起袖子和褲管。從那裡伸出來的手腳都細得驚人。她直直地看著我。

「姐姐。」

我連回答的時間也沒有，少女便接著說。她的瞳孔和頭髮一樣黑。彷彿窺視黑暗的洞穴似的，完全沒有光。

「妳去過東京嗎？」

十分突然的問題。雖然也不是不能和被照護者的家人說話。不過，照顧這個孩子不在我的工作範圍內。少女凝視著正在猶豫該如何回答的我。

「我，想去東京。姐姐可以帶我去嗎？妳會開車對吧？」

每當少女開口，我的喉頭便有種被刀刃架住的感覺。

我深呼吸了一下。

「那不是我的工作，所以不行。再說我也不是妳的朋友。」

「那麼，和我當朋友。我連一個朋友也沒有。」

少女的話蘊含著逼迫。

「依照工作的規定，在這個家裡我無法照顧妳。」

「我沒有說要妳照顧。只要妳願意聽我說話就好。」

惹上麻煩了。眼前發生的事，是必須和公司主任商量的案件。在拜訪看護的世界裡，這是常有的事。與看護的人以外的人產生麻煩。即使在機構裡這種麻煩也不算罕見。由於我從未擔任主管的職位，這種事情只要像籃球的傳球一樣交給上面處理的人就好。想到這裡，我發現把少女對我說話的事，馬上判斷為麻煩的我，心中的某個地方嘎嘎作響。

「什麼都不用回答。只要聽我說話。」

為什麼，那個時候我會那麼想呢。或許是因為，和少女一樣，我也沒有可稱作朋友的存在。因為我也在這個房間裡找尋著可以讓我轉換心情的某個東西。

「我不能回答妳。」

「所以我說，只要妳願意聽就好。只是照顧奶奶的話，姐姐也很無聊吧。」

簡直像是在耍任性。對於工作的認真、藉此得到金錢的沉重之類的，這孩子根本什麼也不懂。是否要和上司商量這件事，我的內心搖擺不定。

「我叫愛美璃。愛加上美麗的美、然後琉璃的璃。很奇怪的名字對吧。那就是事情的開端。從國小五年級左右開始被霸凌，升上國中以後依然被霸凌。所以，我才不想去學校。我沒有去學校的事情，媽媽是知道的。不過，爸爸不知道。因為媽媽沒有告訴他。」

無視於我的困惑，愛美璃繼續說著。

「姐姐有去過東京嗎？」

採取問句形式的發話，我就不能不回答。我猶豫地沉默著。小的時候應該有去過，但是想不起來。我記得的，是被海斗叫上車，去了宮澤先生的事務所。

「我想去東京。我討厭這個城市。」

「最討厭了。」愛美璃繼續說著。

「這裡什麼也沒有。」

愛美璃說完，伸長了手，用手指輕觸餐桌邊緣。

宮澤先生的太太應該在東京。第一次見到宮澤先生時，採訪我的是宮澤先生的太太。之前住在一起，但現在沒有了，宮澤先生曾在我家說過那樣的話。可是，我沒有問過兩個人是否已經離婚了。我想起了和海斗前往東京的時候，覆蓋在東京上空，像是灰色巨蛋一般的霧霾。在那片被汙染的霧霾底下，宮澤先生的太太正在做什麼呢。

隔壁房間傳來三好太太類似低吟的聲音。我慌張地站了起來。三好太太把身體側向一邊，口中呢喃著什麼。我輕撫她的背。用插著吸管的杯子餵她喝水。看起來雖然是半醒半睡，不過當嘴唇接觸到吸管時，三好太太便大口地喝水、吐氣。沒有發燒的樣子。觀察了一陣子之後，三好太太又睡著了。我掀起腳底的棉被，替三好太太更換紙尿褲。紙尿褲裡滿滿的都是大便。剛剛或許是憋氣出力的聲音吧。

「姐姐的這種工作，我絕對不想做。」

我回過頭，愛美璃站在房間門口。

「奶奶要是早點死掉就好了。」

那種話我也不是沒有聽過。在機構工作時，當著家人的面說出那種話的人，我也看過好幾次。連我也曾經在工作的時候這麼想過。不過，隨著從事看護工作的時間越長，我深切地感受到，對於生命的結束，任何人都沒有決定權。被照護的三好太太本身也沒有那種權利。我的工作，不是守候死亡，而是在到死為止的漫長時間裡短暫地陪伴。不僅是愛美璃，我也明白這種工作並不太受人喜愛。但是，我能做的只有這個。只能靠這個過活。照顧衰老走向死亡的人。我做這些事情來維持自己的生命。這個我也不知道何時會結束的生命。

「人明明總有一天會死，為什麼要被生下來呢？」

對於愛美璃天真的問題，我沒有答案。

那是結束工作，正準備鑽進停在購物中心停車場的車子裡的時候。

似曾相識的車子從眼前經過。車身上大大地寫著宮澤先生工作的公司的社名。那輛車停在比我所停的位置還要接近入口的地方。車門打開，看見宮澤先生走了下來。從旁邊的車門，走下了另外一個人。咖啡色的頭髮輕柔地搖擺。那張臉我有印象。曾經採訪我的宮澤先生的太太。我在車子裡看著他們兩個人。宮澤先生表情嚴肅地往前走。他的太太跟在後頭。為什麼，那個人，現在會在這裡呢？

我看著朝向購物中心走去的兩個人，直到他們像是被那個巨大建築物吸進去般的消失後，我發動了引擎。我假裝沒有注意到自己紊亂的呼吸。

我不想打開房間的燈。把裝著買回來的食材的袋子放在廚房地板上後，我走向洗臉台。用肥皂起泡，盡可能仔細地花時間洗了手。我抬起頭。散亂的劉海蓋到臉頰。黑暗的鏡子裡，只有自己的眼睛散發著微弱的光芒。去海邊的時候，覺得宮澤先生老了許多。而我也一樣。來到這個城市之前、因為能和宮澤先生一起生活而感到開心的自己，早已消失無蹤。我的某個地方化膿，薄薄的一層皮膚裡，黏稠的液體好像隨時都要爆開來。

很早以前我便發現，對於這個城市、宮澤先生、和宮澤先生的性愛、目前的生活已沒有任何感動。明明好幾次覺得和宮澤先生在一起卻感到寂寞，我還是選擇了怠惰地持續目前的生活。我用事不關己的表情，持續著每天的生活。

「我討厭這個城市。」

「最討厭了。」

「這裡什麼也沒有。」

有一種愛美璃代替我說出這些話的感覺。

宮澤先生應該會很晚回家吧，我覺得。然後，實際上也是那樣子。

一個星期後，我接到通知宮澤先生無故缺勤的電話。宮澤先生從三天前便沒有回來這裡。我在被窩裡等待宮澤先生回家，正要進入夢鄉時，便因為一點點聲音而醒過來。但是，玄關門沒有被打開。淺淺的夢裡，富士山出現了好幾次。今天，富士山出現在夢裡了。可以對他說這些話的宮澤先生不在。那不是可以對他說這些話的宮澤先生。在這個不知所謂的城市裡，我一直是一個人。

穿過住宅街、渡過小橋、走到托兒所，和梅田先生散步在一如往常的路上。

由於那天的散步是在午餐時間前，戴著色彩繽紛的帽子的孩子們在庭園裡大聲地跑來跑去。梅田先生是不是喜歡小孩子呢，雖然不會和他們說話，卻總是一直眺望著庭園。我扶著梅田先生的身體而站著，無意識地看著庭園。孩子們連一瞬間也沒停下來過。彷彿只要一停下來便會死掉似的。他們感興趣的目標不停地轉移，觸碰、撫摸存在於庭園裡的各種東西，發出聲音，彷彿像是螞蟻在交流信息似的，對著身旁的孩子發出不成言語的聲音，有時演變為爭吵。不畏懼地和某個人相互碰撞。如同那麼做一點也不可怕一樣。

「那些孩子總有一天也會……」

梅田先生說，單側臉頰上揚地笑著，把額頭貼在圍欄上。臉看起來似乎有些潮紅。是不是發燒了呢，當我這麼想，把手伸向梅田先生的額頭時，梅田先生的身體失去力氣，突然地崩倒。

在我用手機叫救護車的期間，梅田先生已失去生命跡象。

梅田先生的兒子從東京趕來急救醫院，在太平間看見平躺著的梅田先生的臉，便放聲哭泣。當他認出我的臉，

「我本來打算，總有一天要回去那個家。」

他說完便又哭了。

「啊，回家，是吧。回去我家。好，回去吧。」

他的語調和曾經說過這句話的梅田先生一模一樣。我也回我家去吧。我開始這麼想，或許是因為聽到梅田先生的兒子的那句話也說不定。

在梅田先生的喪禮結束的半個月後的晚上，宮澤先生回到公寓來。在那之前宮澤先生都沒有回過簡訊或LINE。宮澤先生已不是西裝打扮。頭髮留長了，第一次見到的時候的那種東京人的氛圍，又回到了宮澤先生身上。

「我想要從頭來過。」

宮澤先生說，對著我低下了頭，默默地將公寓的鑰匙放在桌子上。

從頭來過，指的是和我的關係呢，東京的工作呢，還是分開的太太呢，宮澤先生直到最後都沒有說出口。不過，我只明白，那指的應該不是和我的關係。我有些同情被宮澤先生討厭的這個城市。我的內心驚人地平靜。為什麼可以心冷到這種程度，我自己也不明白。這個房間沒有成為宮澤先生的家。對我來說也是一樣。我的家也不在這裡。

在梅田先生過世後，我仍然持續前往三好太太的家。我到三好太太家的日子，愛美璃也總是在家。結果，我沒有向上司報告愛美璃的事。愛美璃有時會出現在我面前，有時候則不會。出現的日子，愛美璃只是說完想說的話，便消失在公寓的某個地方。不過，到目前為止好像還是沒有去上學。把這件事告訴愛美璃的雙親不是我的工作。前往三好太太家的最後一天，我第一次對愛美璃說話。

「今天是我最後一次來這裡了。」

我這麼一說，愛美璃的眼睛開始泛淚，忍不住的淚水，從瘦瘦的下巴滴落到地板上。那天，愛美璃一直跟在照護三好太太的我身旁。平常當我在替三好太太更換紙尿褲時絕對不會靠近的愛美璃，抓著我的手說道：

「姐姐，帶我去東京。如果不帶我去的話，我，就把奶奶勒死，或是自殺。從這裡跳下去。」

抓著我的手的愛美璃加大了力道。

「說什麼傻話。」我正想這麼說。但又覺得，在回到那個城市前去一趟東京好像也不錯。在我離開這個城市前，再看一眼宮澤先生回去的那個東京。內心不是想要了斷，而是彷彿還沒放下一般的心情，連我自己也感到訝異。

「如果妳保證一定會和妳爸媽說是和我一起去的話，我可以考慮看看。」

我這麼說，然後約好下個星期日帶愛美璃去東京。

不知道愛美璃是怎麼和她爸媽說的，當天早上，愛美璃準時來到約定的集合地點。我把手機給愛美璃，要求她打電話回家。愛美璃面無表情地把手機交給我。愛美璃的母親接了電話。聲音聽起來正在睡覺。不過，愛美璃似乎遵守了與我之間的約定。晚上前一定將愛美璃送回家，我說完便掛掉電話。走高速公路的話四小時應該能到東京吧。來回八小時。雖然無法慢慢逛，不過只要在愛美璃最想去的涉谷待一下應該就沒問題了吧。我發動引擎。

「只有田。」

「怎麼會這麼鄉下呢。」

愛美璃看著窗外流逝的景色，一個人不停地呢喃。身上不是平常的運動服，而是穿上了迷你裙。雖然不算俐落，但或許是她的時尚風格吧。自言自語突然安靜下來，原來愛美璃張著嘴睡著了。愛美璃在旁邊睡著，我繼續開著車。堅硬的藍色天空，漸漸地變得灰暗。宮澤先生住的地方就在那片天空下吧。

自從和宮澤先生發生關係，我的體內的某個地方好像有一道全新的門被打開了。當宮澤先生回東京，和海斗生活的時候，我的心也是在宮澤先生身上。當我主動重新開始中斷後的聯絡，對宮澤先生的愛也更加強烈。我原以為宮澤先生和我有著相同的想法。

不過，由於來到這個城市後拚了命地適應生活，我沒有告訴宮澤先生，我每天所感受到的、所想的事。宮澤先生也沒有問過我。我也只是等待著，宮澤先生總有一天應該會對我說的話。彷彿是明明在松鼠的巢穴般的房間裡共同生活著，我們卻背對背站立，面向著不同的方向一樣。

話雖如此，每當身體交疊，只有耽溺快感的這件事越來越拿手。心早已被遺棄在某個遠方。

雖然不知道宮澤先生是從什麼時候開始和太太聯絡見面的，但我的心已不在宮澤先生身上了。去看防波堤的時候我的心裡也應該很清楚才是。宮澤先生看著那片大海時想說的話。海浪靜靜地從大海遠方漂過來，帶走了我們的生活。越是冷靜地思索和宮澤先生的生活，我的思緒越是平靜。可是，握著方向盤，為什麼我的視線漸漸變得模糊，就連自己也不明白。

幾經波折後抵達涉谷市區，我在愛美璃的引導下，走在人山人海裡。這是我有生以來頭一次看到這麼多人。愛美璃也是。一開始，為了不讓愛美璃在百貨裡迷路而追在後頭，但到了要回去的時候，反倒是愛美璃抓住我的手不放。在位於斜坡中途的家庭式餐廳吃中飯時，兩個人都累到說不出話。吃到一半，愛美璃從座位上站起來，走向廁所。許久沒有回來。

「是不是肚子不舒服？還好嗎？」

當我這麼問終於回到座位上的愛美璃。

「月經來了。」愛美璃用快要哭出來的表情小聲地說。

因為我也沒有帶生理用品，於是我離開餐廳，向街上的人詢問藥妝店的地點。借用完車站前的便利商店廁所的愛美璃，只說了「我想回去了。」便像撒嬌的貓咪似的，把小小的額頭埋進我臂彎裡。

離回去的時間還早，再稍微逛一下東京吧，我如此提議。愛美璃無精打采地點頭。我把放在後座的毯子蓋在愛美璃身上，朝著東京的某個地方去。我看著過馬路的行人的臉。只要看到背影和宮澤先生相似的人，便凝視他的臉。不過，要從這麼多的人裡遇見宮澤先生，機率應該是天文數字分之一吧。

我經過曾是宮澤先生的事務所所在的東京都廳一帶。用走的就能到事務所的所在地點去看看或許也不錯，不過，無論把愛美璃留在車子裡，或是讓愛美璃陪我走，都令我不安。東京都廳和第一次看到的時候一樣，彷彿紙做的城堡似的，不具真實感。無家可歸的老人在橋下行走。把紙箱疊成半圓形屋頂，可能是防雨用的，最上面覆蓋著藍色的布。雖然已經三月了，那個人究竟過著什麼樣的冬天呢。我想起在那個城市、在那個密室裡，被細心照護的老人們。

最後想再看一眼的是東京鐵塔。正當我心想，從大樓之間瞥見的那個是否就是東京鐵塔時，它的全貌已映入我的視線範圍。

由於才剛下午，鐵塔沒有點燈。

睡著的愛美璃開了口。

「姐姐，我曾經想要當偶像。」

我頭一次聽到愛美璃用過去式說出的夢想。

「不過，我馬上就知道那是不可能的事。東京長得可愛的人太多了。」

愛美璃揉著眼皮說。

「如果成為偶像的話，我想應該就不會被霸凌了。」

我在紅燈前停下。我伸出左手，摸了摸愛美璃的頭。來東京的路上，在車子裡興奮嚷嚷著有好多想買的東西的愛美璃，已經不在了。

「妳看，那個，東京鐵塔。」

即便我這麼說，愛美璃只是意興闌珊地點頭。東京鐵塔沒有想像中高。不過，不知道為什麼，對我來說，東京鐵塔就像富士山一樣。它也許是東京的磁石。宮澤先生不過是像鮭魚回到出生的河川一樣，回到東京而已。

回程抵達時已接近晚上八點。我把車子停在愛美璃住的公寓入口。正在解開安全帶的愛美璃用小小的聲音說道。

「真是謝謝您了。」

這是我頭一次聽到愛美璃用敬語。

「再見。」我說，愛美璃走出車子。

「想要再去東京嗎？」愛美璃搖頭。一副厭煩的表情。

「比起那個。」愛美璃扭動身子。

愛美璃交叉著迷你裙下筆直的雙腿說。

「明天，總而言之，我會去學校。」

嗯，我發出聲音點頭，發動引擎開車。我在轉角回頭往公寓的方向看，但愛美璃的身影已不在那裡。

結束職務交接，收拾好和宮澤先生住過的公寓，完成搬家物品運送的準備工作時，已經是三月尾聲了。我開車前往自己成長的城市。看到如同背景布幕的富士山時，已經是下午較晚的時間了。即使住的地點不同，我做的事情還是一樣。照顧死期將近的人，用其換取金錢，獲得生存所需的食糧。我只會這件事。

行駛在與車站前的大馬路相隔一條的路上約十分鐘，在消防局的路口轉彎，沿著一台車可勉強通行，沒有鋪設柏油的狹窄山路往上。道路兩旁的樹枝和樹葉猛烈拍打車子的擋風玻璃。山裡早已滿溢春天的氣息。一度枯萎的樹枝和樹葉，貪婪地吸收水分、土裡的養分以及陽光，朝著目標的方向成長。

我看見了和爺爺共度的家。彷彿隨時都要腐敗似的木造平房。家和我離開時相比更加荒涼，雜草叢生，幾乎快要和山融為一體了。牆壁上攀爬著無數的藤蔓。我下車一看，不具名的雜草長長後直接枯萎在庭院裡，而新芽從各個地方探出頭來。我撥開和我等高的草，好不容易抵達玄關。插入鑰匙，費了好一番功夫打開了門。沒有照明的屋內黑漆漆的。我回來了，我試著出聲，但那聲音就像我對老人們說的話一樣，被吸進房裡的某個地方。回過頭，躲藏在雲間的太陽露臉，陽光照射在我身上。恣意荒廢的庭院被照成了金黃色。

「院子裡的草。」

「我來幫妳割吧？」

「應該說，可以讓我來割嗎？」

說這些話的宮澤先生已經不在了。

我想花時間把庭院整理乾淨。只有我一個人。全身吸收陽光，如同一股力量在我心裡成形。我感到荒謬的自由。明明才結束了一場戀愛。

石榴的象徵

明明是星期三接近傍晚的時刻，購物中心美食街的人潮卻和週末一樣多。這裡供應的食物價格便宜，味道不好不壞，全是些把冷凍品加熱，以及用短時間進行簡單調理的商品。和便利商店賣的東西差不了多少。全都是糖分和油脂，口味也很重。不僅我自己不想吃，要是我有孩子的話，也不會想讓孩子吃吧。不過，隔壁的桌子，以及延伸到盡頭，放眼所見的桌子，全是帶著嬰幼兒的母親。是在這裡把晚餐解決掉嗎？無論再怎麼簡單的東西也好，應該不是在這種滿是灰塵的地方，而是在家裡讓孩子吃親手做的食物才對。但或許是因為自己沒有孩子，也沒有扶養過孩子，所以才會這麼想吧。

眼前的仁美，心裡所想的事應該和我差不多吧。仁美注視著用湯匙把炒飯放進嚎啕大哭的孩子口中的一位母親。我看見雙手握著裝有咖啡的馬克杯，手肘撐在桌子上，往旁邊看的仁美微微地皺著眉頭。

仁美或許是注意到我的視線，她看著我。

「要在這種地方待到什麼時候？」

「這個嘛……」

這裡的正式裝扮是起毛球的休閒外套配上布希鞋，要不然就是掩飾體型的A字連身洋裝、半包拖鞋、毛線帽。仁美的存在明顯地和美食街格格不入。仁美端著咖啡過來的時候，穿著喀什米爾長大衣，高跟鞋的鞋跟發出聲響行走的樣子，不斷偷瞄她的女性也不在少數。

「公司可以再開業了。貸款什麼的都還清了。我爸全部搞定了。生意也上門了。員工也重新找好了。就等你回來。」

仁美說。把湯匙放進沒有加入砂糖或牛奶的咖啡裡，繞著圈子攪拌。這是仁美第三次來這個城市。

四年前，我從東京來到這裡。我沒有打算隱瞞來到這個城市的事，也不想被當作失蹤，因此在臉書上PO了這件事。看了貼文，第一個來到我這裡的，是分居中的妻子仁美。仁美反覆地問我，為什麼要特地把生活的據點移到這個城市，而且還不是設計師，而是從事影印機的業務工作。

「我想離開東京，做些從來沒有做過的事。」

雖然我坦率地表達了自己的想法，但仁美無法接受。

「你是不是討厭我了？」

我沒有說話。對我來說，我不曾像是抱持著討厭某個人那樣強烈的情感，去愛一個人。

我想在一個沒有人知道我是誰的城市生活看看。

日奈所在的，看得見富士山的那個城市雖然也不錯，但那裡不是只有日奈，同時也是在那間看護福祉專門學校採訪而認識的海斗、學生和畢業生、老師們所在的城市。或許會在小城市的某個地方偶然碰面也說不定。而我也不想某個地方偶然遇見日奈。

來到這個城市一陣子後，日奈的到來完全在我意料之外。日奈住進我公寓裡的事，馬上傳進了仁美耳裡。仁美本人，或是仁美的雙親，應該有用偵探之類的調查著我的生活吧。

「年輕女生真有那麼好？你打算在這種鄉下地方搞到什麼時候？」

對於支支吾吾逃避自己的問題的我，仁美越說越大聲。

坐在附近的桌子，抱著正在睡覺的嬰兒的母親瞥了我一眼。像是不想聽漏任何一句我和仁美之間的對話似的，把耳朵朝向這裡。

我找不到可以回應仁美的話。雖然心想，在過往的人生裡，自己的這種態度不知道傷害了多少人，但我只知道，這已經是絕對不可能改變的事。坐在空調開得太大，空氣又不流通的美食街的塑膠椅子上，我想起遇見日奈的那個城市的美食街裡，也有著同樣的空氣。只要細想這個國家裡有多少像這樣和緩的風景，或許如同仁美所說，我前往的城市不一定非得是這裡不可。不過，我想試著盡可能地遠離東京。

我是在東京的港區出生長大的。父親的雙親、母親的雙親也都是東京土生土長的。所以，在我小時候，一心認為日本只有和東京一樣的地方。不，不只是小時候。一直到滿大的年紀為止我都是這麼認為的。

我的父親是美容整形外科醫生。母親無論在婚前，或是婚後都沒有工作過。我沒有兄弟姐妹，是獨生子。父親的診所不只在東京，北海道、東北、關西、九州的都市裡也有，因此總是過著搭乘飛機在全國各地奔波的日子。母親明明是全職主婦，卻老是不在家。自我有記憶以來，家裡便有一位叫做三船小姐的家政婦，由她照顧著我的生活。

幼稚園的時候，我早上吃三船小姐做的飯然後去上學，中午吃三船小姐做的便當，晚上也是在三船小姐的陪伴下吃晚餐。那天，聽我說幼稚園裡發生的事的人是三船小姐，雖然洗澡的時候是一個人，不過直到我在床上睡著為止，唸繪本給我聽的也是三船小姐。

母親經常到了我睡覺的時間也沒回來。雖然三船小姐在確認我睡著後便會離開房間，但很多時候我都是假裝睡著。只要三船小姐的腳步聲遠離，我便下床走到寢室的窗邊。把頭鑽進拉上的窗簾，看著窗外。由於附近沒有較高的公寓或是大樓，從那裡可以看到一半的東京鐵塔。我喜歡東京鐵塔如同橘色糖果藝術般的燈光。總覺得母親在那道光的附近。

在年幼的我看來，母親也是個漂亮的人。紅色口紅、紅色指甲油、緊身裙下纖細的腿、細跟高跟鞋、香水、及肩的波浪捲髮。就像是女孩子所擁有的芭比娃娃一樣。早上幾乎不會碰到面，不過有時母親會坐在早餐的桌子上。那種時候，母親總是用非常不悅的表情按壓著太陽穴，氣息裡帶著些許酒味。

軟綿綿的玩偶和色彩繽紛的繪本、香香的毛毯、潔白的幼稚園制服圓領。和那個時候圍繞著我、甜蜜又安全的世界形成對比，母親住在完全相反的世界。

那樣的母親，和東京鐵塔的燈火在某些地方上相似。有一天會消失吧，會讓我這麼想的地方也很相似。好一陣子，看著那燈火後，我的心逐漸平靜，再度回到床上。冰冷的腳在毛毯裡溫暖起來時，睡意便自然來襲。每當我進入夢鄉之際，家裡的某個地方，總會傳來父親與三船小姐說話的聲音。

三船小姐的年紀應該比母親大，但我也不知道實際年齡。母親也一樣。母親看起來比實際年齡年輕許多，是因為父親定期地在母親臉上動手術。三船小姐也是一樣。

母親和三船小姐的臉某個地方是相似的。高中的時候，酒醉返家的父親曾經對我說過。那天晚上母親也出門不在家。父親在走廊和客廳陸續脫下的上衣和襪子，三船小姐跟在後頭邊走邊收。

「全都會變成我第一個愛上的女人的臉。只要我動刀的話。第一個女人的印象就是如此的深刻。你有喜歡的女生嗎？」

父親口中散發著酒臭味、搖搖晃晃地對著我說。

「沒有。」

「你，還是處男？」

雖然是事實，但我沒有開口。

嗯哼，父親說，表情好像在思索著什麼。

「為了不要丟臉，老子會想辦法幫你的。」

我清楚明白那句話的意思，是下個週末的事。在父親的交代下，我前往某間飯店的房間。當時我十六歲，暑假再過一個禮拜就要結束了。雖然是太陽尚未完全落下的時間，房間裡紗質百葉窗拉下，只有床下的間接照明開著。床上有個和我年紀差不多的女子，穿著細肩帶上衣，頭靠在枕頭上，看著我這裡。那張臉，某個地方與母親和三船小姐相似。

我呆站在門前，女子跪坐在床上，流暢地脫掉了細肩帶上衣和內褲。胸部的隆起和腰部的纖細有種奇妙的感覺。如果眼前的少女年紀與我相仿的話，那麼胸部未免太過於豐滿，腰部相對於臀部大小來說也太過於纖細。身體是不是也讓父親動過刀呢。把人類身體原有的不協調的比例，修正為完美的比例，這種黃金比例反而有種人工的感覺。

「來吧。」

少女說完張開了雙腿。就連應該在哪個時間點脫掉衣服都不知道，我在原地脫掉衣服和鞋子，放在床邊。走向床的我，身體因即將發生的事的可怕而顫抖。我壓在少女的身上。沒有接吻，我像啃蘋果似的咬少女的胸部。好痛，少女發出聲音，看著我笑了出來。雖然在淡淡的黑暗之中，不過年紀與我相仿的第一印象已消失在某個地方。不是少女。這個女人的年紀應該比我大很多。

如果父親在她的臉和身體上動刀的話，一定會在某個地方留下痕跡才對。我撫摸著她的身體尋找，卻怎麼也找不到。只有雙腿之間彷彿大傷口般的泛紅。我把臉貼近，看著那裡。某天在祖母的庭院裡看到，裂開的石榴的紅，就在那裡。

第一次稱不上十分順利。我不知所措，費了一番功夫。然而，她等待著我做的一切，彷彿我帶給她巨大的快樂似的叫出聲音。現在回想起來，說不定就連這個也是父親安排好的。

之後，我又在飯店見了她幾次。第二次之後由她指定時間。由於下學期已經開始，放學後我穿著制服前往飯店的高樓層，在飯店房間裡和她上床。

在冬天正式來臨前夕，我們失去了聯繫。當時我呆呆地在車站月台等電車。月台對面是大型的化妝品廣告看板。正當我發現被放大的那張臉是她的時候，駛進月台的電車遮住了我的視線。

從那天起，在電視節目和雜誌和廣告裡可以看到她的身影。雖然號稱是和我同年紀的高中生藝人，但我覺得太扯了。她的臉看起來比我見到她時又更年輕了。

幾乎每天都能在電視和週刊雜誌的寫真偶像特集裡看到她。同學裡也有她的粉絲，也曾在放學後看著泳裝照熱烈地討論。

「好厲害的胸器。」當某位同學興奮地說，

「那是假的。」我曾經不加思索地說了出口。

「不太可能吧——」

雖然同學生氣地笑著說，但事實就是這樣。不只是她，父親只要在電視上看到自己經手過的藝人或女演員時，「哎呀，這個不進廠維修一下不行了。」

「鼻樑再高一點應該比較好。」便會像這樣自言自語。

如同聽到演藝圈的內幕消息，這些話並不會讓人感到愉快，而我也不太願意去想，自己的生活是建立於父親的那種工作之上。

和她上床之後，到直升大學為止，我和三個女生上過床。的確如同父親所說，事先和她上床的體驗真的有幫助到我也說不定。從和第一個女朋友上床，我便有做完愛後讓對方躺在我懷裡的餘力。只要不做出太離譜的事，便能一直線地升上大學，因此我也沒有經歷過升學考試的痛苦。即便升上高中三年級，我一如往常地和同學玩樂，只要交了新的女朋友，便和那個女生上床。

看到我第一次上床的那個女生，從所屬的經紀公司頂樓跳下去的新聞，是在剛過完年，東京最為寒冷的日子，夜裡下的雪因雨水融化，隔天早上路面全結了冰。

高中的校門前是平緩的坡道，也因此所有人穿著皮鞋，都小心不跌倒地走著。大家慢慢地移動著腳步，口中說著的，都是那天早上關於她的新聞。

兩天後上市的寫真週刊雜誌裡，刊載了她橫躺在路面上的照片。雖然我沒有打算要看的，但不知道是哪個同學帶來，並且在上課中傳閱。明明打算立即闔上並傳到隔壁，我的眼睛卻凝視著被折上一角的那一頁。黑白的照片有點看不清楚，趴在地上的她頭部碎裂，身體的某個部分和照片裡黑色的血液從破掉的地方流出來。一股酸意湧上，我急忙闔上雜誌，丟向隔壁的座位。就像是把水果從高處往路上砸一樣。

到了中午沒有任何食欲，我坐在通往屋頂的樓梯上，等待午休結束。我想起的不是她過於豐滿的胸部，也不是和母親及三船小姐相似的臉，而是在第一個晚上看到的，她雙腿之間的裂口。她讓許多人看除了那個以外的新的裂口。她從高樓上跳下去，是不是想要在雙腿之間以外的地方形成裂口呢。樓梯下方傳來學生的嬉鬧聲。

她本來就有裂痕了，更何況她為了工作（為了生活）撕裂自己的臉和身體，實在沒有硬是去弄出新傷口的必要不是嗎？不過，她卻有不得不這麼做的理由。我一輩子都無法了解的理由。

從那天起，只要從某個地方聽到她的名字，我便會對世上的無解感到害怕，在睡著前流下幾滴眼淚。

她死去後的那陣子，每天都會聽到她的名字。

和年紀比她大的演員之間的不倫、懷孕、工作不順利等，各式各樣的人擺出一副很了解她的死因的表情說著。看著那些人的時候，那天所感受到的氣息又再度甦醒。那或許是我的、具有人性的、最後的分歧點。對於她的死，在我心中萌生的，不是憤怒、悲傷這種單色的情感。但是，許多人試圖用鮮豔的色彩和強烈的話語去解讀這個世界。那令我感到可怕。

許多雙手都想要她的遺體照片的世界令我恐懼。隨著包圍自己的世界中的殘酷和無解越來越加重，我開始默默地和世界保持距離。那件事之後，當某人要介紹我的時候，撲克臉的稱號便和我密不可分。

只是因為所有人都升學而跟著進了大學，並沒有特別想要學習的東西。不過，我的頭腦沒有聰明到能成為和父親一樣的醫生。大學的時候也沒有學過美術。一切都是從讀書的時候用電腦幫朋友的活動製作傳單開始的。由某個人替自己所做的東西定價，並支付相對應的報酬給我，這種交易簡單明瞭，令人愉快。

大三的時候和同科系的仁美展開交往，在所有人開始求職活動時，一點一滴地決定兩個人開設公司。仁美和我一樣是從幼稚園便就讀這所學校的內部升學者，同時也是位於日本橋的老字號文具店的獨生女。雙方的雙親對於我的創業，以及總有一天會和仁美結婚的事，從沒有過任何疑問，早在我自己那麼決定之前，事情就已經是那樣子了。

不僅限於仁美，對於交往的女性，要是被問到喜歡她們的什麼地方？我無法好好地回答。當我意識到的時候就是這樣了。我的這種態度，有時會讓許多人不愉快，這一點我自己也很清楚。在和仁美交往前，也曾經因為這種性格，造成兩個女性為了我而產生爭執。不過，即使女性在我眼前對罵（大部分的情況下，這種時候兩個女性責罵的都是對方而不是我，這件事也十分不可思議），我只是茫然地想，到底有什麼事情可以氣成這樣。

我是社長兼設計師，仁美是副社長兼撰稿者，加上其他員工，雖然是不到十個人的小公司，在好景氣和學生時代的朋友的支持下，工作沒間斷過。最大的收入來源是父親的醫院的媒體宣傳。直到公司的經營陷入危機為止，一直是支撐公司的重要支柱。

從求學時期開始，仁美和我便在仁美的雙親持有的公寓展開了共同生活。仁美也是獨生子。即使和誰住在一起，一天中要是沒有能夠獨處的時間，便會喘不過氣。有種不用說出口仁美也能憑感覺理解的輕鬆。更不用說，在公司經常一整天都會見面。我和仁美絕對需要死守一個人的時間。我和仁美保持著一定的距離。我們兩個人的位置關係就像太陽與月亮那樣。

結束工作，回到家裡，我們會在各自的房間度過一個人的時間，如果不先回復自己的話，便無法面對對方。

我沒有要求仁美扮演所謂妻子的角色。雖然由仁美的雙親安排，每隔一天來到家裡的家政婦扮演了重要的角色，不過即使身為妻子的仁美完全不做家事，我想我也不會有任何怨言吧。即便仁美渾身酒氣在深夜回家，我也不會因此生氣或是心情不好。早在婚前，仁美似乎就有了我以外的男人，雖然誇張的程度不如她，不過我也不遑多讓。即使和工作上遇到的人有了男女關係，我們也不會相互責怪。隨著工作增加，我完全地信賴著身為共同經營者的仁美。

大部分男人對於女性渴求的、總是被擔心著「沒事吧？」的那種黏膩的母愛，對我來說不是必要的。三船小姐是負責家事和照顧小孩的專家。雖然三船小姐用愛相對，卻從未踰越過界線。母親也是，打從一開始便放棄了賢淑的妻子以及溫柔的母親的角色，保持著自己的美麗，把貪圖享樂當作最重要的事。雖然生平經歷不能代表一切，也不能斷言只有這兩個人對於我的女性觀帶來強烈的影響，不過這兩個人絕對塑造了我所渴求的女性的原型。

事業和婚姻生活上都沒有什麼大問題，風平浪靜的狀態持續著。我以為這樣的生活會一直持續下去。

最先開始走下坡是仁美的家。由於賣不出去的不動產和巨額貸款，仁美父親的公司的生存出現了危機。而同個時期，我的父親也被複數的患者提告。因高額的訴訟費用，以及同業間的激烈競爭，收入大幅地縮水。雙方家長的財務狀況，對我和仁美的公司造成巨大的衝擊。

在那之前，工作本身便急遽地減少。不像以前「這個案子到底何時才結束？」的壓力，而是萌生「搞不好沒有下一個案子」的恐懼。即便如此，我和仁美仍然希望想辦法讓自己創立的公司存續下去。兩個人都有只在自己的公司工作過。事到如今，已經沒有放下身段進入某間公司，從事自己不習慣的工作的勇氣了。

我透過大學的同學尋求工作、減少員工，最後甚至把辦公室遷至新宿邊陲的綜合大樓，以保住公司的存續。對於我和仁美，這間公司或許就像是我們的孩子。

我和仁美住的公寓也換了。位於辦公室旁，中野的兩房公寓。我和仁美從來沒有住過如此狹小又老舊的房子。甚至沒有自己的房間。那棟公寓裡住著許多有小孩的家庭，每到夜晚嬰兒的哭聲便透過牆壁傳來。

「該不會是從隔壁傳來的吧？」

聽到那個聲音仁美笑了。沒有感嘆牆壁的單薄，當時的我和仁美還有以此為樂的餘力。

可是過了一年、兩年，工作量非但沒有增加，反而一年比一年更少。我的父親的公司進行大幅度的經費縮減，也不再是以前那個大量下單的金主了。金額是不是少了兩三個零？接下的都是這類的案子。

不過，雖然也曾想過公司也許撐不下去了，但案子總像是某個人伸出援手似的到來。明明應該高興，但我卻對此微微地感到煩躁。在踩不到底的游泳池，要溺不溺的日子持續著。我也厭倦了一再重複相同的工作。偶爾會冒出把一切都歸零的想法。

說實話，我這一生從未為金錢煩惱過。我無法真實地想像沒有金錢的生活。不過，金錢從我的人生一點一滴地減少也是事實。金錢的缺乏，不只是住的地方，同時也逐漸地改變了我和仁美的生活。一年至少去兩次的國外旅行不能去了。沉溺於購物和夜店的仁美，待在家裡的時間也變長了。仁美開始注重料理，取代名牌包，家裡的調理器具增加了。週末時吃仁美做的料理，看租來的ＤＶＤ。那便是和那時的我們相配的生活。意外地，對於那樣的生活仁美似乎也很滿足。

喘不過氣的那個人是我。我無法忍受在公司或是在家都要面對仁美。小時候，母親總是不在家。三船小姐是和我沒有血緣關係的他人。雖然和仁美沒有血緣關係，但身為妻子的仁美的存在，對我來說，比母親或是三船小姐還要沉重。我和那樣的仁美被關在狹小的房子裡。

我也曾在工作結束後不回家，頻繁地往來於工作上遇到的女造型師的家。仁美很快地追到女子的住家大吵大鬧。對於我這種人為什麼會執著到那種地步呢。我希望她能和我保持一定的距離。那是我唯一的想法。

雖然不認為會被理解，把我的想法告訴仁美時，

「我想要孩子。想要和你成為一家人。」仁美哭著說。

自己的孩子，這件事對我來說只有可怕。我不想在這個世界上留下繼承我的ＤＮＡ的生物。要是我有個女兒。那孩子到了青春期一定會從高樓上跳下去吧，不知為何我是這麼想的。這世上的某個地方，或許有咕嘟咕嘟地湧出像是活著的喜悅似的東西的裂口吧。可是，我看不見、也得不到它。也沒有找到它的勇氣。

向我傾訴想要孩子、想要成為一家人的仁美，相較於我更邁向生而為人的成熟吧，我同時這麼想。面對這樣的仁美令我害怕。話雖如此，我沒有下定和仁美分開的決心，只是一個接著一個處理著眼前的小案子。我抱持著逃脫到某個地方的念頭，埋首於日常生活。我的心情，搞不好，和被稱為絕望的狀態相當接近。我想這是我人生的谷底，同時對於活著這件事也感到不耐煩。無論看到了什麼、遇見了誰，我的情緒都處於低溫狀態。應該到死為止都會是這樣，我想。

直到我在那個城市遇見了日奈。

和住在地方城市的年輕人交談，要不是接下製作日奈畢業的看護福祉專門學校的手冊的案子，應該一輩子也不會發生在我的人生中吧。那是原本不可能交會的兩道水流。以撰稿者身分在場的仁美。

「有沒有什麼興趣呢？」

「喜歡的電視節目之類的？」

「不會去旅行嗎？」

對著畢業生們接連不斷地詢問。雖然仁美想要完美地隱藏煩躁，不過「這樣子活著的快樂到底在哪裡？」清楚地寫在她的臉上。漫長的訪問和攝影結束後，工作人員一行人前往那些年輕人常去的購物中心。打算在那裡稍作休息後返回東京。那裡也有在東京隨處可見的咖啡廳。喝著拿鐵，用紙巾擦去嘴上的奶泡的仁美說著：

「看護這種工作，我絕對做不來。」

我沒有點頭，不過這不只是仁美，同時也是包含我在內，在場的所有工作人員心中的想法。

雖然沒有直接問過日奈他們，不過在訪問老師的時候，確認過看護的年收入。仁美聽到那個數字後寫在筆記本上。因為筆記本斜斜地拿在手上，所以老師看不見，但仁美在那個數字旁邊寫上了「絕對無法接受！」，再用好幾個圓把它圈起來，並且傾斜筆記本，好讓坐在旁邊的我也能看到。那個數字大概是當時和仁美住的公寓和辦公室一年份的租金。

越聽越覺得看護的工作相當苛刻。絕對不是份美好的工作。對於比自己年輕許多的人去從事這份工作，以及有年輕人想要做這份工作，說真的我無法理解。

「為什麼會想要成為看護呢？」面對這個問題，名叫海斗的看護是這麼回答的：

「在這個城市生活下去的話，當看護絕對不會沒飯吃。」

你們這群人到底懂什麼、彷彿下一秒就會衝過來揍人似的，我無法忘記海斗當時的那種眼神。我和仁美、攝影師和化妝師等人，在海斗看來，應該是從東京來的裝模作樣的傢伙吧。海斗眼神中的含意，我現在更能明白。因為事實上就是這樣。這個世界上，有一出生便注定好命（也可以說是有錢）的人，以及不是那樣的人，對於我和仁美屬於前者的這件事，海斗只不過沒有隱藏他的憤怒罷了。

萬一公司倒了的話。當時，這種想法經常在我腦子裡揮之不去，不過真的倒了就倒了，我的人生總有辦法過下去，我有那樣的自信。身為醫師的父親不再執業、名聲也不如以往，不過還是和老去的母親在熱海的附有看護的公寓，過著半退休的生活。那時的母親已不像是我小時候的母親了。不再噴上濃烈的香水，也不再穿高跟鞋。在我上大學、設立公司、持續工作的期間，母親變成了滿頭白髮的優雅老婦人。母親想做的事全都做了，用若無其事的表情奮不顧身地陪在老去的父親身邊。

仁美家再次在經濟上奪回地盤，仁美的父親仍在第一線經營著公司。總有一天會讓仁美繼承公司，我也曾經聽過這種話。即便不是那樣，岳父對仁美的愛是沒有底線的。說真的，我也不是沒想過，要是公司真的沒救了的話，仁美的父親也會想辦法吧。就算公司倒了也不可能變成遊民。在我和仁美下方，有名為經濟穩定的雙親的大型安全網。不過，在日奈和海斗的下方沒有那種東西。那是種從一開始便壓低身體、不碰觸到地面、貼著地面飛行的生活方式。

而我在某天親眼目睹了。

回程時，由於攝影師幫忙開車，我和仁美並肩坐在休旅車最後一排的位子。可能是某個地方發生了車禍，路上開始塞車。不過只要坐在車子裡，我們就能回到東京。盯著浮在夕陽裡的紅色車尾燈，車裡沉悶的空氣開始讓人喘不過氣，於是開了一點點車窗。

「那些孩子，這一輩子都不會離開那個城市吧。在那裡出生，在那裡死去。這種事情怎麼會有可能呢。如果是我一定會瘋掉。」

與辛辣的發言背道而馳，仁美把自己的手心悄悄地交疊在我的手心上。那溫度不知為何令人發毛，我把手縮了回去。仁美用吃驚的表情看我。仁美的臉在昏暗的車內看起來相當蒼老。我和仁美是不是已經共度太久的時間了呢。我想要和像是黏黏地附著在鞋底、帶著熱氣的柏油一樣纏著我不放的仁美保持距離。回到東京為止，我都在想著這件事。

今天剛剛拍攝的日奈的臉，以及背景的富士山，在我的心裡。富士山明明就那麼近，日奈和其他孩子的臉上卻都沒有驚訝的表情。無論是多麼雄偉且令人驚嘆的景色，每天看的話或許也會變成理所當然吧。我想要一個人再一次看看那座富士山。今天雖然沒去成，不過下次我也想到樹海裡走走。

不經意地想起了那個從大樓往下跳的女子。雖然有各式各樣的臆測，不過最後仍然不知道她為什麼要尋死。會不會連她自己也不知道呢。去了樹海的話，說不定我也會上吊。無聊和倦怠已經把我腐蝕到這種程度了。

在手冊交貨前，需要與學校的老師們進行幾次排版和照片的確認。我一個人前往那個城市。仁美雖然也想來，但有別的工作要忙。

在去學校前，我把車開往樹海。停了車，走在原生林裡。我想事先為自殺找個重要地點。只要找到的話，心中的某個地方或許就能安定下來。我一邊回頭確認車子的位置，一邊往前進。令人窒息的溼氣和高聳樹木形成的影子的濃度滲入體內。我想著從大樓往下跳的女子。想著她把腳往前跨出數釐米的那個瞬間。回過神時，眼前粗大的樹幹上垂著一條腐爛的黑色繩子。繩子尾端打了一個圓圈。是誰死在這裡呢。其實滿容易的嘛，我想。現在使用這條繩子也行。不過那天我之所以沒有把脖子伸進那條繩子裡，或許是因為心中有想要再次見到日奈的念頭也說不定。

那天晚上，我送日奈回家，看了日奈的家，看了荒廢的庭院，覺得我或許還能活下去。等把草除完後再把脖子伸進繩子裡也不遲。在那之前，我所交往的女性都是和我同年或是年紀比我大的。我從未和像日奈這種比自己小了七歲之多的女性交往過。無論出生地、成長過程、價值觀都不同。應該聊不來吧，我是這麼想的。但是，聊不聊得來這件事對於我和日奈來說，完全沒有任何意義。

只要一有時間，我便會到日奈家。除草，和日奈上床。

無論再怎麼除草也沒有終點。當我下一次去日奈家，草便長回原來的高度。在日奈的家和日奈做愛。日奈的家裡有我家沒有的佛壇，擺著日奈的父母親和祖父的照片。由於佛壇的門總是開著，感覺像是已經不在這個世上的人，正在看著我和日奈的行為，令人感到不自在。由於日奈每天上香的緣故，家裡充滿著白檀的味道。咖啡色茶櫃、圓形矮桌、映像管電視，儘管全是在我過往的生活中不曾出現過的物品，但被那些物品圍繞時，波動的心便會神奇地平靜下來。庭院可說是完全荒廢，家裡也沒有任何最新型的物品。如果說日奈是那個家裡最新的物品也不為過。

我幾乎每隔兩個星期去一次日奈家。

日奈的身體很小。包裹著那身體的皮膚飽含水分，讓人聯想到兩棲類動物寶寶的身體。當我沉淪在日奈的身體，也會湧起類似征服欲的情感。對於仁美，或是曾經交往過的其他女性，從未抱持過那樣的情感。那同時也是種掌控日奈的所有快樂、施虐的想法。

每次做愛時，日奈的叫聲、腰部的彎曲、喘息的熱度都會產生變化。我假裝彷彿入迷、沉溺其中似的，從某個角度冷眼旁觀著這一切。日奈的雙腿之間也有紅色的裂口。我凝視著那裡。這裡也有裂開的紅色石榴，我心想。

我不知道和日奈上床的這件事，在我心中產生了什麼樣的化學變化。更何況，不只是性愛，也許庭院的除草、待在日奈家裡也對我帶來了極大的影響。我感覺到，心中逐漸地充滿一股未曾有過的力量。那種感覺就像是被施以人工呼吸而再度甦醒過來的人一樣。可以感受到堵塞的血液在體內循環，溫熱的血液流至身體的各個角落。雖然離開日奈家回到東京的時候，完全沒有這樣的經驗，但我也曾想過，這種感覺就像是把一直以來珍惜的狗，不由分說地丟棄一樣。明明因為工作前往地方城市、在回去東京時，隨著東京越來越近，身體便沉浸於一種喜悅的心情。

下次什麼時候能再去日奈家呢，無論做著什麼工作，我的腦子裡想的都是這件事。每一次割下庭院裡的草、觸摸日奈、與日奈纏綿，我便不再想要前往樹海。日奈的家和庭院，以及日奈，首度接納了在我心中無法清楚解釋，曖昧模糊的東西。

明明沒有公事，卻不時前往那個城市的行動，讓仁美開始對我起疑。自從發現之後，仁美便不停地責怪我。仁美對我有所執著。我越想就越喘不過氣。沒有去日奈家的日子，我也總是比較晚歸的那一個，每當從回家途中的坡道看見房裡的燈亮著，心情便會陷入憂鬱。

「那孩子明明就有男朋友。他們會結婚，在那個城市朝著夢想的未來前進。只因你想排遣寂寞，就斷送她的人生也無所謂嗎？」

仁美重複說著這樣的話。

「不是排遣寂寞。」

「那麼，到底是什麼。你要和我離婚，和那孩子建立新的家庭嗎？」

「也不是那樣。」

「如果和我分手的話，無論是公司和我們的生活，父親都不會再提供金錢上的援助。公司無法生存下去。這樣你也無所謂嗎？」

「……」

只有掛在牆上的時鐘的聲響。我和仁美的對話沒有交集的進行著。似乎從某個房間傳來了嬰兒哭泣的聲音。

「對於公司，以及和仁美之間的關係，我想要保持一點距離。」

聽我這麼一說，仁美突然站了起來，導致桌上的玻璃杯翻倒，裡面的東西灑了出來。原本以為是水，但其實是白酒。往我這裡走來的仁美身上也帶著酒味。

「我想要一直和你在一起。我想要和你生小孩。無論公司還是婚姻生活，我都不想破壞它。不要去見那個孩子。不要再去見那個孩子了。」

仁美抓著我的手，吶喊似的說。該如何應對從仁美體內如同果實迸出般飛散出的鮮明情感，我束手無策地呆站在原地。

「公司和夫妻關係，我都想歸零一次。」

雖然被仁美呼了一巴掌，但力道卻像是被撫摸一樣。

說實話，要回溯到什麼時間點才叫做歸零，我不知道。

是和仁美之間的開端呢，創立公司的時候呢，還是我出生到這個世界上的時候呢。隔天仁美回去了老家。在和仁美攤牌前，我早已知道公司不出幾個月就撐不下去了。我被煩雜的工作追著跑，找不到去日奈家的時間。

也就是那個時候，接到了海斗打來的電話。

「如果不再見日奈的話，請好好地做個了斷。」

聽著海斗的話，我同時想，海斗的世界為何如此思緒井然呢。就連我一直在意的，日奈家庭院裡的草，如果是海斗的話，應該可以割得比我更好才是。話雖如此，我卻無法坦率地接受再也不見日奈這件事。我想要的不過是到日奈家，割庭院裡的草，與日奈纏綿而已。我只是讓日奈配合著那份任性而已。如同仁美所說，我沒有想過要和日奈結婚。假如日奈比現在更加靠近我的話，我一定會開始想要遠離日奈吧。只有這一點我很清楚。雖然我也明白這很難被理解，但沒有辦法，我就是這個樣子。我永遠都會是這個樣子。

某天，我曾對仁美說的「想要歸零」這句話，無意間浮現在我腦海裡。我和仁美持續著分居的狀態。我想要在沒有任何人認識我的地方生活看看。想要讓自己歸零。

我在父母親留下的公寓的其中一個房間裡，持續著半繭居的生活。雖然短時間內，生活上不至於有困難，但如果一直沒有工作的話，幾年後存款也必定見底。我在遠離東京的城市尋找工作。馬上就找到了工作。

半年後，我開始從事從來沒有做過的工作。影印機業務的這份工作，我無論做多久都無法習慣，業績也一直很差。就連被上司責罵的經驗，都是有生以來頭一次。雖然不覺得開心，但彷彿自己的價值被正確地評斷似的，覺得新鮮。

開著公司配給的輕型汽車行駛在市區。也行駛在沿海的田園地帶。就連一台影印機也賣不出去，永無翻身之日的業務。或許那才是正確的我。出生於身為美容整形外科醫生的父親之下，讀大學時創立公司，從事設計工作，從未因金錢而感到煩惱。我想把這些層層包裹我的柔軟外膜給撕掉。

只經過幾次的訊息往返，日奈便來到這個城市。在戶籍上和仁美仍維持著法律關係，我是個已婚的人。無論何時主動或被動地解除關係我都無所謂。在日奈所在的城市遇見日奈時的我，和現在的我有很大的不同。我想如果日奈是為了追尋過往的我而來到這裡，那麼應該很快便會感到失望而離開。話說回來她和海斗之間的關係變得如何呢？不過，我沒有把這個問題說出口，日奈也沒有問過我關於仁美的事。

和我預料的相反，日奈很快地習慣了這個城市的生活。很快地在這個城市找到工作，打好了根基。那份堅強令我坦率地感到驚訝。不過，仔細想想，那個城市和這個城市也差不了多少。那個城市和這個城市非常相似。或許，日本到處都有這樣的城市，而無論到什麼地方日奈都能像這樣生活下去吧。

因身處在那個城市的日奈家而得到的平靜，與日奈身體交會的狂熱，已不存在於日奈和我之間。但我和日奈一起生活。日奈為我煮飯、洗衣服、打掃兩個人住的狹小房間。明明連日奈來到這個城市的這件事都無法拒絕，但隨著在一起的時間越來越長，我開始感到厭倦。我就是這種無可救藥的人，開著輕型汽車的我同時心裡想，對於自己的領域遭到侵犯，我為什麼會感覺如此厭惡呢？

我想起和日奈去看那個防波堤的休假日。

彷彿是為了隔斷大海和陸地而建造的巨大結構體。在走上白色水泥階梯後，終於看到了大海。看著遠方浪頭發光的大海，我明白了一件事。為什麼我會想要來看。因為我心中也有和這個相同的東西。想要把自己和自己以外的某個人之間的連結切斷的某種想法。我不想和任何人深度的心意相通。我不想讓除了自己以外的人理解我。我不想輕易地去了解某個人的心情。我不是那種和某個人心意相通而活著的人。明明從很久以前就隱約發現到了才對。我只能活在自己一個人的世界裡。能夠理解我的人只有我自己。

「我能待的地方啊。」

那天，我對日奈說的「地方」，不是那個城市，也不是東京。我能待的地方，只在自己的心中。抱持著身為人類的無可救藥的缺陷，如果對於這件事情有自覺的話，我便應該一個人活下去才對。不應該把某個人捲入這個缺陷裡。如同仁美曾經說過的，日奈有她的未來。日奈有著我無論如何也無法擁有，身為人類的堅強。應該沒有理會我這種人的時間才對。

仁美又來了好幾次，要我回東京。

「這裡不是你應該待的地方吧。」

每一次見到我，仁美總是這麼說。和仁美見面的地方總是一樣。購物中心裡的美食街。因為能夠成為地標的地方大概也只有那裡。通常都是我保持沉默，而仁美一個人說著話。

「我不會再說想要孩子這種話了。你不想要自己的孩子對吧？」

一如往常，美食街裡大多是親子檔。小孩子的哭聲、喧鬧聲、母親加以責備的聲音，如同噪音般響著。

「離婚也行。不住在一起也沒關係。我只想像以前一樣，和你一起工作。」

仁美用接近懇求的聲音說著。

「你無法打從心底愛上任何一個人，這個我很清楚。你並沒有那麼愛我的這點也是。」

可是，即便如此。仁美的聲音越來越大，引起了周圍母親們的注目。但仁美繼續說著。

「我知道，你對那孩子也抱持著同樣的想法。被你傷害的人，只有我一個便足夠了，不是嗎？」

我喝著蓋上了塑膠蓋子的咖啡。由於蓋子的緣故，無論經過多久，咖啡依舊很燙。無論經過多久這件事，像是無視於時間流逝一樣，有種不合常理的不自然。即便我一而再、再而三地甩開，仁美仍試圖構築和我之間的關係。我看著仁美的臉。

「對於那孩子，或許你有什麼特別的想法也說不定，但你的所作所為，在世俗看來不過是單純的外遇。簡單一句話便能說明。」

仁美用像是在哄小孩的語氣說。所有的話被總結成那樣，我的腦子感覺搖晃。和她從高樓跳下去的那個時候一樣。有種被世界斷絕的感覺。世俗這兩個字，剛認識時的仁美是絕對不會使用的。是我讓她變成了會說出這種話的女人嗎？

「什麼時候都可以。回來東京。我說你，無法自己開口說要回去對吧？」

仁美拿著托盤站了起來。

「我會一直在東京等你。」

留下這句話，仁美的高跟鞋的聲音從美食街的喧囂中離去。我厚臉皮的視線追逐著仁美的背影。已經夠了吧，心中傳來某個人的聲音。也許是仁美剛剛所說的世俗的聲音。

半個月後，我坐上了好幾次來到那個城市的仁美的車，回到東京。下了高速公路、逐漸接近市中心時，我從車內看見了橘色的東京鐵塔。這裡是我的故鄉，或是發自內心鬆了一口氣，很遺憾的，我心中沒有湧現那樣的心情。不過，某個地方有種被接納的感覺。明明因為討厭而離開這個城市，但用若無其事的表情接納逃走的我的某個東西，確實存在於這個城市裡。那就是被稱為故鄉的東西嗎？

我回到自己的公寓，睡在獨自一人的床上。彷彿倒轉時間的熟睡。仁美沒有勉強地縮短與我之間的距離。她是不是想如果靠得太近，我又會離開到某個地方去呢。有時她會抱著一整個紙袋的食材來我的公寓，但總是一到門口便馬上離開。

「雖然希望你儘早回來工作，不過等你準備好再說。」

我明白仁美所說的準備，其中包含著與日奈分手。

再次前往那個城市，是回到東京半個月以後的事。

我想起在看得見富士山的城市離開日奈家時，那種彷彿把狗不由分說地丟棄似的心情。我重複做著同樣的事情。

「我想再從頭來過。」

我對日奈那麼說。我拋棄了日奈兩次。

想要從頭來過什麼呢。我的人生怎樣都已無所謂了。和我這樣的人在一起，只會浪費日奈的人生。在日奈面前，心中雖然浮現出像是對不起、請原諒我過往的所作所為等等的話，但無論哪句話似乎都不太對。應該怎麼說才好、應該怎麼傳達自己的心意，開車往東京的途中我不斷地思考著。日奈會不會回到那個看得見富士山的城市呢。雖然我沒資格這麼說，但如果可以的話，希望她在那個城市不是一個人，能和某個人一起生活。不是像我這種性格乖僻的男人，比如說，像海斗那樣言語和態度都不含糊的男人。海斗是否還在那個城市等待日奈回來呢。

我開進高速公路的休息站。時間已經是深夜。下了車，從水泥地的縫隙中長出的雜草映入眼簾。我想起曾用鐮刀割著日奈庭院裡的草。那種無論怎麼割依然持續生長的氣勢，即便放任不管仍然持續生長的生命力。那令我感到害怕。我的手機在震動。另一頭傳來仁美的聲音。仁美詢問我有關工作的事，我加以回答。之後要開往哪裡去呢，好幾台大型卡車發出巨大聲響，開進了停車場。仁美的聲音被噪音蓋過而聽不見了。

「我要回去了。」

我說完，掛上電話。坐上駕駛座，繫上安全帶，發動引擎。開出休息站，匯入車流裡。看著車尾燈，我想起某個時刻曾經見過的，她和日奈紅色的裂口。

我會一直在東京等你，仁美的這句話掠過我耳邊。

在往後的人生裡，我會有贏過女人們的那天嗎？

真是個愚蠢的問題。勝負從一開始便已經決定了不是嗎？這麼一想，我很想放聲大笑。我用照後鏡確認自己的表情。不知為何，鏡子裡映照著正在哭泣的我。

凝望手心

我拿著手電筒，一個人走在只有緊急出口指示照明的綠色走廊上。

雖然已經習慣了一個月裡會有四、五次的大夜班，但持續看護工作的我，明明才剛過三十歲，身體的各個部位已出現劣化。一個小時前，帶著半夜裡起床的被照護者去上廁所，為了排尿而把他的身體移動到馬桶上時，我的腰也隱隱作痛。

年輕時明明對體力相當有自信，因看護的工作而過度勞動下，我的身體比預期更快速地搞壞了。因為有人說這是個可以吃一輩子的工作而成為了看護，但二十五歲的那年，我發現如此殘酷的工作或許無法持續一輩子。在那之後，我為了成為經理人而開始讀書，並且在三十歲前通過了考試。

下個月起我會在另一個機構，不是以看護，而是以經理人的身分展開生活。也就是說，將不再是像目前為止這種直接觸碰被照護者身體的工作。

今天是在這個機構的最後一次大夜班，如此一想，對於長年工作下來的這個機構，對於被照護者有種難以割捨的情感，但同時又有種輕鬆的感覺。

走在夜晚的走廊上，我想著老爸。

由於心臟病發作，老爸在兩個月前過世了。在老媽早上出去打工的期間，待在家裡的老爸死了。直到傍晚被打完工回家的老媽發現為止，老爸就這樣一個人死在那裡。

人死得很突然。沒有理由的在某天突然死掉。明明因為從事看護工作而有過無數次經驗，即便如此，老爸死掉我還是很吃驚。因為我總覺得老爸不管經過多久都不會死。自從老爸幾年前在樹海企圖自殺失敗之後，便在家裡過著吃飽睡、睡飽吃的生活。我以為自殺失敗的這件事，讓老爸距離所謂的死亡十分遙遠。以為只要回老家，隨時都能見到，但那樣的老爸如今已經不在了。

不光是在喪禮上身為長男，而成為喪主，我也觸摸了棺木裡老爸冰冷的身體。甚至在火葬場撿骨。藉由一個一個地體驗那些流程，我的腦子裡明白親生父親的肉體已從這個世界上消失，但某個部分的自己卻無法完全接受。

有時我會想，如果有像是靈魂一樣的存在，那麼老爸的靈魂也許還沒有從這個世界上消失。現在是不是也在某個地方徘徊呢？

比如說，在老爸企圖自殺的那個樹海裡。

比如說，在我所在的機構裡的半夜的走廊上。

我不相信幽靈那一類的東西。我也沒看過。不過，走在夜晚的走廊上時，有一瞬間可以強烈地感受到某種氣息。從三樓到四樓。我爬著樓梯，同時凝視著照明範圍外裡濃厚的影子。影子有時看起來也像是某個人蜷縮在那裡。這種時候，我會不經意地在心中說著。

老爸，你現在在那裡嗎？

臨死前是什麼樣的狀態，醫師沒有詳細的說明，老爸的手心不知為何大大地張開，由於死後半天左右才被發現，呈現死後僵硬，張開的手無論怎麼弄都無法回復原狀。在醫院的太平間裡，我看著老爸朝向天花板的手。雖然對於手相完全不了解，不過我知道大拇指附近，粗的那條是生命線。老爸的生命線很深，不算長也不算短。撫摸著冰冷且僵硬的手，我心想，包含生命線在內的三條顯眼粗線，在懂的人看來，是否能由這幾條線解讀出老爸的人生呢。

這個機構的四樓，是需要照護的程度較高，整日臥床的被照護者所在的地方。

我確認著被維持著生命的老人們。活著嗎，還沒死嗎。觸摸乾扁的手心，溫暖的血液在流動著，這是活著的證據。我用手電筒照亮那有氣無力的手心。手心上有和老爸相同的三條粗線，不過，每條線的轉折、粗細、紋路深淺，果然還是因人而有微妙的差異。在這樣的房間裡孤獨一人度過生命終點，如此的命運，從這些人的手相是否看得出來呢。

完成這層樓七間單人房的確認工作後，我走在走廊上，同時用手電筒照亮自己的手。如果上面真的刻畫著自己的命運，而我又知道它的內容的話，還會想要繼續活下去嗎？

喪禮的時候，老媽的樣子意外地從容。雖然自始至終用手帕按住眼角，但沒有激動失態的行為。弟弟在太平間看老爸的遺體時也只有眼眶泛紅。誰也沒有放聲哭泣。最想放聲大哭的人是我。不過，喪禮的各種煩雜事情接踵而來，我也沒時間哭。一個人的時候哭也沒關係吧，那麼，就來哭吧，即便這樣想，眼淚也流不出來。對於沒有一個人能夠為他大聲哭泣的老爸，我有些同情。雖然不知道我什麼時候會死，但要是那一天來到，我希望有人大聲地為我哭泣。

誰都可以。哪怕只有一個人也好。

就像是用刀片劃開似的，光線從窗外漆黑的天空盡頭混進來。已經天亮了啊。覺得有些遺憾。要是夜晚一直這樣持續下去就好了。身為看護的工作，再過幾個小時就要結束了。這麼一想身體感到輕鬆，不過直到剛才沒有感覺到的腰痛，又再次隱隱作痛。在到新職場工作前，我休了一個月的假。自我工作以來從來沒有休過這麼長的假。沒有打算去長途旅行之類的。不過，如果不利用這個機會讓自己休息一下的話，身體，或者是心，兩者中的其中一個也許會崩壞。就像是我見過的許多看護一樣。不知為何我就是有這種預感。

第一次見到裕紀那個孩子，是在剛剛進入漫長的梅雨季節，在國道沿線上的家庭式餐廳裡，我和真弓和裕紀就好像一家人一樣圍坐在一張桌子上。

裕紀是我的同居對象真弓的孩子。九歲的男孩子。原本和真弓的前夫以及再婚對象住在一起，但似乎和沒有血緣關係的母親處得不愉快，目前住在真弓母親的家裡的樣子。上學有一搭沒一搭的，真弓的母親也很頭痛。雖然真弓一直以工作忙碌為由，拒絕母親要求她照顧裕紀的要求，不過終究堅持不住，因此在休假時照顧裕紀。而我現在陪著她應付這件事。

看著並排坐在眼前的這兩個人，也不覺得這對母子交心。

由於裕紀看著菜單猶豫不決，不耐煩的真弓擅自決定點了和風漢堡排。裕紀只吃了兩、三口便放下了叉子。真弓見狀，大大地嘆了一口氣，裕紀馬上像是下一秒就會挨罵似的露出忐忑不安的表情。那樣子讓真弓更加地不耐煩。簡直是惡性循環。沒有對話，看起來很閒的女服務生把咖啡往喝完的咖啡杯倒，我和真弓不停喝著咖啡，喝到肚子鼓鼓的。

即便是客套話，這孩子也說不上可愛。和騎在熊上的金太郎木雕一樣胖，臉頰上的肥肉，讓原本就細的眼睛看起來更細了。手上也像奶油麵包似的有著許多肥肉。因反覆洗滌而退色的綠色運動衫上有漢堡排的碎屑。雖然真弓用濕紙巾粗魯地擦拭過，這樣一定會留下汙漬的，由於真弓大聲地這麼說，裕紀用手指捏著那一帶，流露出膽怯的眼神。

隔壁桌傳來一家人的歡笑聲，讓人有種無地自容的感覺。

這款情形，我是抹安怎。我用假關西腔在心中呢喃。

和畑中真弓這個女人同居，已經過了三年。她是我工作的機構裡的後輩，從開始交往到生活在一起，沒有花太多時間。我知道她離過一次婚，也早就聽過她有孩子的事。甚至我也曾說過想見見孩子。但是，當現實擺在眼前，真弓所生的孩子出現時，真弓這個女人所持有的，如同影子般的東西，看起來更濃了。雖然不至於因此而不愛了，但我所不知道的真弓的時間，彷彿濃縮在眼前的裕紀身上，這讓我感到些許害怕。

剛才裕紀由住在隔壁城市的真弓母親帶來這裡。今天是第一次在我和真弓住的公寓過夜。因為明天一大早要上班，麻煩你把裕紀送到這個城市的車站，真弓對我說。除此之外，不用做任何事。只要送到車站就好。真弓反覆地說。

「回家前，得去買些衣服才行。全是派不上用場的東西。內褲和睡衣都沒帶是怎麼一回事。」

打開裕紀身上的束口背包，真弓叫著說。明明不是在生氣，裕紀卻像是自己挨罵似的僵直了身體。真弓拿起桌上的帳單，站了起來。是要離開餐廳了嗎。裕紀急忙背起束口背包，追在真弓後頭。我的臉明明沒有在生氣，但看到我的臉，裕紀卻一臉被斥責似的可憐表情。裕紀用那樣的表情惹怒了身邊所有的大人吧。我是這麼想的。

在購物中心裡的Uniqlo，真弓把裕紀用的內褲和睡衣、棉質上衣和褲子等日常衣物，放入手上的塑膠籃。在車站見面的時候，或是在家庭式餐廳的時候都沒有注意到，裕紀身上的衣物，尺寸都微妙地小了一些。明明身高和體重與日俱增的時期，但裕紀的身邊目前應該沒有配合他的身體，頻繁替他添購衣物的大人。

「這件，現在就穿上。」

被真弓如此吩咐的裕紀，到試衣間換了衣服。全身新衣服、全身Uniqlo的裕紀，和真弓排在櫃台前。結完帳，店員用剪刀俐落地剪掉衣服上的吊牌。從後面看，裕紀的腳踩在休閒鞋的腳跟上。真弓似乎也注意到了。

「哎呀，鞋子也太小了嗎，真是的。」真弓說。同時抓住裕紀的手，像是帶走犯人似的準備往賣鞋子專賣店的方向去。這間購物中心裡什麼都有。全身Uniqlo的裕紀被帶到樓上的鞋子專賣店，買了新的休閒鞋。無論衣服或是鞋子，「你覺得哪一個好？」裕紀一次也沒有被問過，只默默地把真弓挑選的東西穿上身。

我開車，真弓坐在副駕駛座，裕紀則坐在後座。天已經完全黑了。紅燈的時候回頭，只見裕紀微張著嘴睡著。醒著的時候，某些瞬間看起來就像個中年男子，不過睡著的臉果然還是個孩子。對於這個情況，原本以為真弓會有話想對我說，但往旁邊一看，不知何時真弓也熟睡。再一次看了裕紀的臉。那張臉果然還是有某些地方很相似。果然是母子，我再次心想。

我繼續開車。在那條路右轉的話，便會踏上通往那個家的路。

那僅僅是一瞬間的念頭。

從前，年輕時的戀愛。我往來於那個家，割草。

對方是否愛我，直到最後我還是不明白。我愛她，也用我的方式去珍惜她，但是被甩了。

因為對方，日奈，跟著喜歡的男人的腳步而離開了這個城市。只有一次，在最後一次見到日奈的一年後，喝得很醉的我打了日奈的手機。只有長長的鈴聲持續響著，我很肯定不是不在，也不是無法接聽，而是刻意不接電話。最後，那通電話沒有接通。

那個晚上，我把日奈的電話從手機裡刪除了。以前交往過的女人。現在已經忘得一乾二淨了。明明如此下定決心，但可悲的是我每天都會想起日奈一次。即便如此，也無可奈何。就像無意間的腰痛一樣。會在什麼樣的時間點想起，根本沒有道理可循。在職場洗手的時候，打開自己的車子車門的時候，和真弓吃飯的時候，更過分的是，甚至也曾在進入真弓體內的時候，想起日奈的臉。

也許，日奈已和她追隨的男人結婚，甚至有了孩子也說不定。我沒有想要再次追尋日奈，也沒有想要去找出她現在在哪裡。

現在，我擁有和真弓的生活。可是，明明分手後已經過了好幾年，每次想起，心中的某個深處還是會痛。不是無法忍受的劇痛。但仍會隱隱作痛。

比如說剛剛在家庭式餐廳裡工作的女人，在購物中心擦身而過的女人，或是現在在旁邊一起等紅燈的車子裡的女人，那個人會不會是日奈，我也曾這麼想。

我的心到底被日奈侵蝕到什麼程度呢。這也令我害怕。也因此，或者是說，正因為如此，我維持著和真弓的生活。與日奈之間的記憶、與日奈共度的日子，我想藉由和真弓的同居生活來覆蓋掉。又在紅燈前停下。我看著真弓的臉。看著那筋疲力盡的睡臉，對不起，我又湧起了這樣的心情。或許那種心情，造成了即便被捲入像是今天這種麻煩事裡，也無法說不要的狀況。

早上醒來時，從客廳傳來電視的聲音。啊，慘了，要遲到了，急忙起床後才想到，對喔，我放假到下個月，於是再次橫躺在棉被上。往旁邊看，真弓的被子已經折好，放在房間的角落。我拿起鬧鐘，時間已經過了早上九點。電視開著沒關就出門還真是稀奇，我這麼想的同時拉開紙門。

看見正在看電視的胖小孩的背影，我大吃一驚。

「早安。」

裕紀抬頭看著我說。是啊。昨天真弓的孩子在這裡過夜。和我們一起睡在和室裡不就好了，雖然我這麼說，但真弓堅持「這樣就沒了界線」，在客廳的電視前面鋪上訪客用的棉被，讓裕紀睡在那裡。雖然雜亂，但裕紀折起了睡過的被子。

「吃過飯了嗎？」我問，裕紀搖了搖頭。今天是真弓一早就得上班的日子。或許，在裕紀起床之前連早餐也沒吃就出門了吧。我打開冰箱，拿出火腿和雞蛋，決定做個火腿蛋。有分裝成一人份冷凍起來的白飯。納豆和醬菜，味噌湯用即食的就可以了吧。我用快煮壺煮熱水，同時用熱好的平底鍋煎蛋和火腿。放進微波爐裡的白飯，一人份應該是不夠吧，我想，因此拿出加熱好的一人份白飯，然後再加熱一人份。

「做好了喔。」我叫裕紀，他關掉電視，往廚房走來。

「快吃吧。」我說。我要開動了，裕紀拿起筷子，小聲地說。然後馬上吃了起來。

看著裕紀吃東西的模樣，令人心情愉悅。一人份的白飯果然不夠。從裕紀吃第二份白飯的速度看來，是否還是不夠呢。

「還要白飯嗎？」我問，裕紀沒有說話。

「不會不夠嗎？」即便我這麼問，裕紀也只是拿著筷子，看著我的臉。

「……哥哥你呢？」

啊，原來是在在意我嗎？

「哥哥現在肚子不怎麼餓。」

不是叔叔，而是哥哥啊。裕紀用他的方式在細心應對。裕紀再次看著我的臉。用一種不可置信的表情。

「哥哥幾乎不太吃早餐的。所以，沒問題的。這裡的所有東西，裕紀可以全部吃掉喔。」

說到這裡，裕紀總算露出了放心的表情。

白飯果然還是不夠吧，我想，我沒有再問裕紀，默默地用微波爐再加熱一人份的白飯。

真弓只有告訴我，讓他搭下午四點多的電車就好。裕紀要搭那班電車回真弓的老家。現在是早上十點。時間還很早。在我收拾碗盤、曬衣服的時候，裕紀靜靜地看著電視。不到外面去，一直待在家裡看電視這樣好嗎，於是我問裕紀。

「有沒有什麼想去的地方？」

裕紀用和剛才吃飯時相同的表情沉默著。這就是裕紀對話的節奏吧，總覺得我開始懂了。反應有一點點慢。不過，倒也不會太慢。把我說的話在心中咀嚼，比一般人更花時間吧，我想。我已經習慣了這個緩慢的節奏。沒錯，裕紀對話的速度，和機構的被照護者十分接近。

「有沒有想去哪裡玩？」

我再問了一次。

「想要去玩的地方？」裕紀重複我說的話。

「對啊，比方說動物園，或是星象館，想去的話都可以去喔。不想到那些地方去嗎？」

好一陣子，裕紀沉默地看著我。

「星象館是？」

「嗯。」

「星象館是什麼東西？」

「不知道嗎？」

裕紀點頭。這附近的孩子，至少都有和父母親去過一次吧。

「在黑暗的空間裡，可以看到很多星星喔。雖然不是真的星星就是了。」

連我自己也覺得我沒有說明得很好。與其在這裡胡亂地說明，還不如直接帶裕紀去看星象館比較好。

「那麼，我們走吧，去星象館。」

聽到我這麼說，雖然不明白星象館是什麼樣的東西，不過裕紀微微露出了開心的笑容。

我用手機查詢投影時間。下午有三場大約四十分鐘的投影。看下午三點半結束的那場投影，然後直接去車站的話，時間上剛剛好。下午一點過後再出門就來得及。即便如此，時間還是很多。

「裕紀，學校沒有作業嗎？有帶來嗎？明天不是要上學？」

我說，同時拿起了放在地板上，裕紀的束口後背包。可以看裡面的東西嗎？我示意地看著裕紀時，裕紀再次默默地點頭。

全是派不上用場的東西，昨天在家庭式餐廳裡真弓曾經如此說到，而事實上也是如此。確實全是派不上用場的東西。小石頭、一枝短鉛筆、單單一張邊角折到的卡片遊戲用卡牌、枯葉、揉成一團的0分考卷。打開來，背面用紅筆大大地寫著「笨蛋！」。老師不會寫下這種話吧。那是小孩子的字。

我想起真弓曾經說過，裕紀幾乎沒有去學校上課。

雖然沒有追問原因，但總覺得，裕紀應該是被同學排擠，說白了就是被霸凌。昨天那些不符體型的衣服、大小不合的鞋子。以及這種應對的悠哉態度。我完全可以想像裕紀被同學責罵的樣子。心情有點沉重，我默默地拉上裕紀的束口背包。

星象館所在的縣立科學館，和我小時候去的時候一模一樣，四周的景色也沒有什麼改變。只有建築物本身隨著歲月而變得老舊。現在好像不叫星象館，改叫太空劇場的樣子。雖然由於禮拜天有很多親子而擁擠，我和裕紀找到兩個空位，並排而坐。雖然是對於大人來說也算寬敞的椅子，不過當裕紀坐在旁邊，便有種局促的感覺。場內變暗後投影便馬上開始。

星雲如同在黑色天空中發光的塵埃在眼前展開，數不清的星星流逝而過。有六月可見的仙后座，以及從現在開始可以看到的夏季星座的解說，最後還出現配合星座動向的動畫角色。投影中途，往坐在隔壁的裕紀一看，只見他嘴巴張得大大的，凝視著整個頭頂上的投影。雖然看不出來是開心，還是不開心，但至少可以肯定沒有看膩。看著那張臉，我有些安心。總覺得有盡到義務。

不過，像這樣的星空，不用特地來星象館，只要去湖畔或是山上應該就可以看到。下一次裕紀來的時候，已經想到那麼遠的我，究竟人好到什麼程度。

「搭下一班靠站的電車。你知道自己要在哪一站下車吧？」我問裕紀，嗯，裕紀用點頭代替說話，在閘口用脖子上的卡套感應，朝著通往月台的樓梯走去。下樓梯前，裕紀回頭對我鞠躬。被小孩子鞠躬有種奇妙的感覺，雖然如此心想，但我也不自覺地被牽著走而鞠了躬。

工作結束回到家的真弓在洗臉台洗著臉和手，大聲地對著廚房裡的我說話。正在炒著肉和青菜的我聽不見真弓在說些什麼，只好先關火，往洗臉台走去。卸了妝，沒有眉毛的真弓，用具有震撼力、濕濕的臉看著我。

「你帶他去星象館了？」

「嗯。」

「就算去了，那孩子也看不懂吧。」

「從頭到尾一直盯著看喔。雖然說實在的我不知道他是否開心。」

「……你應該知道吧。裕紀是個什麼樣的孩子。」

我手上拿著長筷子沉默著。雖然我很清楚，但我覺得這不是我應該說的事。

「你不可能不知道吧。」真弓說著，走向冰箱，拿出了氣泡酒。拉起拉環，用嘴巴吸著快要噴出來的氣泡般的喝著酒。

「剛開始滿正常的。以為只是個有些悠哉的孩子。不過，升上四年級時便發現了。今年春天。這孩子和正常孩子有些不同。發展上似乎有些問題。那邊的，前夫和他太太帶到醫院去。」

真弓咕嚕咕嚕地喝著氣泡酒。

「說話沒有問題，雖然需要一些時間，不過也能聽懂我們對他說的話。生活上也算是可以自理。但是，學習方面一直有障礙，如果只有說話悠哉的話還好，但無論做什麼事都很遲鈍，典型的霸凌自然而然地出現，導致不去上學，在導師的建議下到專門的醫院進行檢查，結果……」

「嗯……」

「在那之前，前夫的太太很疼他。不過在發現裕紀不是正常的孩子之後。」

真弓往放在廚房水槽前的凳子上坐。由於真弓如同倒下一般坐下，該不會是貧血了吧，我心想。臉色看起來的確不太好。

「然後就被送回我老家了。某天突然地。……現在和我媽住在一起，但沒有去上學。……早晚會進特教班吧，我想。」

真弓用拿著氣泡酒的那隻手的手背用力揉著眼睛周圍，這不是在哭泣，而是真弓不耐煩的時候常有的習慣動作。我把手放在真弓的肩上。雖然好像不能不說些什麼，但什麼話也說不出口。真弓和我雖然住在一起，但並沒有結婚。和真弓結婚的話，也許就會變成要和裕紀一起住。如果要問我有沒有那種覺悟，說實話我無法馬上回答。真弓抬頭看我。真弓凝視著什麼話也沒說的我。

「我問你，為什麼會變成這個樣子呢，我的人生。」

真弓說完，把氣泡酒喝個精光。

真弓在等我說些什麼。可是，只要想到不管我說了什麼，都會變成謊言，我便什麼話也說不出口。

真弓出門上班後，我打掃了平常沒有特別花時間清理的房間的各個角落。擦去積累在落地窗軌道上的塵埃，把浴室的霉垢清乾淨。因為裕紀會在真弓每週一次的休假日來到這間公寓，所以曬了裕紀的棉被、準備好枕頭套和床單。我深切體會到，雖然辭去了看護的工作，活動身體的習慣卻無法馬上戒掉。動手的同時，我思索著我和真弓的今後，以及那其中是否包含裕紀。由我來背負真弓，以及裕紀的人生。但我怎麼也想不出答案。

說到底，真弓從未在我面前提過結婚這兩個字，也從未逼迫過。不過，對我來說，未來和真弓結婚也不是不可能。和生活了三年的真弓結婚，辦理戶籍登記。十分符合現實。

但是，心中總覺得有些不可思議，也是事實。真弓存錢不是為了進大學嗎。自從我半年前考上照護經理人之後，便再也沒有從真弓的口中聽到過「大學」這兩個字了。那個夢想終究還是放棄了嗎？雖然沒有正式地對真弓說過，我打算在下個公司的經理人工作結束之後，讀空中大學然後成為社會福祉士。為此我也從微薄的薪水中持續地儲蓄。

弟弟比我先上大學。弟弟在東京就讀私立大學的學費是我出的。那是筆不低的金額。而我終於付完了。

上學期、下學期、上學期、下學期。一共是四年。要從老媽的兼職薪水和我的看護薪水中揣出弟弟的學費，說實話並不輕鬆。支付學費的這段期間，弟弟也從未表示過謝意或感激。弟弟畢業後到不知名的公司從事業務，當他帶著沒有男子氣概的表情來參加父親的喪禮時，我真想扁他一回。

我跪在地上，用抹布擦拭地板。上次在裕紀的束口後背包裡看見的、短短一截的鉛筆，掉落在房間角落。鉛筆不像是用電動削鉛筆機削過般平滑，或許是用刀片削過吧，筆心的部分特別地突出。得先買一打鉛筆和刀片，再教他削鉛筆的方法，如此心想的同時，我深切感受到，這種地方是我的缺點。

雖然沒有很想去，不過在這個城市要買東西的話，開車去購物中心最為方便。那裡什麼都有。但每天都去的話也受不了，因此我三天才會去採買一次食材。高得離奇的天花板、白色的建築物，光是這樣就讓人總覺得不安。我把三天份的肉和蔬菜放進推車，迅速地結完帳。對了，還要買鉛筆，於是我前往二樓。看了樓層圖，似乎只有類似賣角色周邊商品的潮物店，只好去車站前面了，我提著陷入指縫間的購物袋同時心想。我回到停車場，把食材塞進後車廂的行動冰箱裡。

我把車子停在車站前的計時停車場，走進商店街。

還是看護的時候，曾經在工作結束後來這裡喝一杯，不過距離上次在平日下午來商店街，應該有好幾年了吧。商店街一如往常地冷清，行人也很少。我前往位於穿過巷子的地方的古老文具店，買了一打鉛筆和油性筆、刀片、筆記本、橡皮擦，保險起見還買了在我小時候就有的那種長方形的藍色鉛筆盒。

走出店家，看見黑貓露出肚子曬著太陽。我對著那隻貓彈舌，但牠完全不理睬我。我沒有走在大街上，而是刻意往歡樂街的方向去。不知道是開著還是關著、連招牌都腐朽而垂下的店家數也數不清。再次越過迷宮般的巷子，到了另一條路上。那個街角以前曾是死去的老爸的居酒屋。現在鐵門仍是拉下的，似乎沒有找到新的承租者。從自殺失敗後，老爸一次也沒有再做過串燒。我不經意地想，如果說對於老爸有什麼遺憾的話，應該是想要再看一次在煙霧瀰漫中烤著串燒的老爸吧。

裕紀再次到來，是五天後的事。

上完大夜班的真弓在隔壁的寢室睡覺。即使到了裕紀抵達車站的時間，真弓也絲毫沒有要起床的跡象，我只好去車站接裕紀。從閘口出來的裕紀，身上穿著上次真弓在Uniqlo買的衣服和休閒鞋。就這樣回家也沒事可做。真弓應該傍晚才會睡醒，於是我想乾脆就帶裕紀去某個地方好了。

「有沒有想去的地方？」

我問坐在副駕駛座的裕紀，但他直視著前方沒有回答。

「總之，天氣滿好的，我們去兜風吧。媽媽工作很累也還在睡覺。」

「媽媽？」裕紀抬頭看著我說。

「對啊。真弓。真、弓，媽、媽。」

我一個字一個字大聲地說。

「我的媽媽不是真弓。是倫子。是美容師。」

像是在斷言某件事般的語氣。倫子是真弓前夫的再婚對象，從事美容師工作，也就是和裕紀沒有血緣關係的媽媽、那個棄裕紀不顧的媽媽，即便如此，裕紀仍將那個繼母看做自己的母親。回想起來，之前在家庭式餐廳的時候，真弓沒有自稱媽媽，裕紀也沒有叫她媽媽。會不會以為她是親戚的某個阿姨之類的呢？

車子穿過市區，開在通往湖泊的路上。

之所以選那個湖泊，是由於心想朋友雄三說不定會在。去湖邊對於裕紀來說是不是件開心的事，我不知道。既然如此乾脆去我想去的地方，我是這麼想的。

初老的男人別往這裡走過來，我心想，但當我發現那是雄三的時候，忍不住露出大吃一驚的表情。明明和我同年，但卻胖得和老得驚人。

喲，就連看著我發出的聲音都有老態。雄三不時地看著裕紀。

「這是，你的！孩子？」

「不是。親戚的小孩，只是今天幫忙帶一下。」

哼嗯，雄三說，視線上下打量著裕紀。

「今天不是平日嗎？不用上學？」

雄三的問題有點煩人，我沉默不語。

裕紀離開我和雄三，蹲在船屋旁，用手指玩著小石頭之類的東西。如果把裕紀的事告訴雄三的話，馬上就會傳遍所有地方吧。

「不是誘拐之類的吧。」

「最好是。」

「我開玩笑的。好啦，總之先坐吧。請你喝咖啡。」

雄三讓我坐在船屋前快要腐爛的長椅上，給了我裝在紙杯裡的咖啡後，便再次走進船屋，手上拿著白色的霜淇淋，向裕紀靠近遞給他。

「謝謝。」裕紀鞠躬的瞬間，一半的霜淇淋掉到泥土地上。

看見我哈哈地笑著，雄三也跟著一起笑了。裕紀沒有接近我們，坐在被反過來曬太陽的船身上，舔著霜淇淋。本來想讓裕紀看富士山才來這裡的，但今天被雲擋住了看不見。

「那孩子，情況或許和我家老二相同。」

「是喔。」

「不，或許不相同。但我覺得是。」

「我之前不知道。」

「出乎意料地多呢。以前的話，自然地混在班級裡，悠哉的孩子、有點遲鈍的孩子之類的。就那樣子混在裡面。可是，現在呢……做父母的也神經質地去看待孩子。對自己的孩子和別人的孩子都是。只要缺點凸顯馬上就會被揪出來。」

我喝了一口雄三請的咖啡。一如往常地難喝，而且太燙。

「我說你啊……」雄三說完這句話後，沉默了半晌。隱身於厚重雲裡的太陽微微露臉，刺眼的陽光讓我瞇起了眼睛。

「聽說你在和離過一次婚的女人交往。該不會是她的孩子吧？」

你是從誰那裡聽來的，我想如此頂回去，卻保持著沉默。這是個小城市。即便不去理會，流言還是會像傳染病般擴散。

「日奈，回來了喔。一個人，住在那個家裡。」

我看了雄三的臉，然後望向湖泊。鏡子般的湖面。剛才的話我想當作從來沒有聽過。裕紀還在舔著一半掉到地上的霜淇淋，融化的霜淇淋染白了他的手。不趕快洗手不行。還有，弄髒了衣服真弓可是會不高興的。

「我啊，高中快畢業的時候讓老婆懷孕了不是嗎？可是，到現在我都不知道，究竟有沒有那是我的孩子的確切證據。老二應該是我的。這個沒有問題。……不過，第一個孩子真的就不清楚了。我老婆呢，當時除了我以外，還同時和好幾個人交往，你也是知道的。我當時也只是個孩子，被說讓女生懷孕，也就那樣子相信了。因為感受到責任。加上對方的雙親嚴厲地斥責我。可是……」

說到這裡雄三叼了一根菸，但只是叼著沒有點火，用手指夾著菸。

「因為感受到責任而和某個人一起生活，是最糟糕的事。這會讓對方和自己都變得不幸。你不需要背負這些的。選條輕鬆的路走吧。」

雄三用手指夾著乾燥的嘴唇上的香菸濾嘴說著。

我用手指把空的紙杯捏成一團。我叫了裕紀。裕紀忐忑不安地向我走來。在我不注意的時候，運動服肚子的地方沾滿了融化的霜淇淋。雄三見狀笑了。

「我去拿濕毛巾過來。」雄三說完便走進了船屋。仔細一看，裕紀的嘴角也沾著霜淇淋。

「啊──啊──」當我誇張地一說，或許是覺得又要挨罵了吧，裕紀緊閉雙眼、全身僵硬。

「不是的。我沒有在生氣喔。」雖然我這麼說，但裕紀卻流下了眼淚。看到那個眼淚，我想要到日奈的家去看看。一個人的話沒有去的勇氣。不過，如果和裕紀一起的話應該能做到。

行駛在與車站前的大馬路相隔一條的路上，開進只有一台車子能通過的狹窄道路裡。日奈的家已荒廢到彷彿下一秒就要腐爛的程度。庭院也和家一樣荒廢，但是雜草卻非恣意叢生，看起來像是一個星期前割過後再長出來的樣子。日奈的家在這條道路的盡頭，只要聽見車子停下來的聲音，裡面的某個人，也就是日奈應該會發現而從家裡走出來才對。我在車子裡等待，卻沒有任何人要出來的跡象。旁邊的裕紀不知道為什麼沉默地僵直著身體。

「這裡是鬼屋嗎？」裕紀的這個問題讓我忍不住噗哧一笑。的確，日奈的家由於太過老舊，被附近的孩子們稱為妖怪之家。

「不是不是。裡面沒有鬼。是人類的家喔。」

裕紀露出安心的表情。在車子裡待了半晌後，光是看見日奈的家便心滿意足的我，重新發動引擎，沿著來時的路開始倒車。

「裕紀，來這裡的事是秘密喔。」

我一邊開車一邊說，裕紀用奇妙的表情點頭。

回到家時天色已晚，打開玄關門前便聞到了咖哩的味道。「你們回來啦。快去洗手。再一下下就好了。」真弓的心情似乎很好。臉上也沒有疲憊的表情。我和裕紀在洗臉台先後洗了手。

打開電視後，我把在文具店買的東西取出，放到桌子上。鋪上報紙，手上握著一枝鉛筆，用刀片削著。削著鉛筆的同時，我也不是沒有想過，現在的小學生是不是都不用鉛筆，而改用自動筆了，或許不是為了裕紀，只是我單純地想要進行削鉛筆這項作業而已。用刀刃削去木頭的部分，黑色的筆心馬上就出現了。把筆心留長一些，再削去周圍的木頭，讓筆心變尖。裕紀似乎很有興趣地看著，卻沒有打算動手。

「要試試看嗎？」我問，裕紀點了頭，因此我讓他坐到盤著腿的我身上。我早知道，盤著的腿加上裕紀的重量會很難受。不過我忍住了。我從背後環抱著裕紀，握住他的雙手。讓他左手拿著鉛筆，右手拿著伸出短短一截的刀片。我握著那隻手，輕輕地把刀刃滑過鉛筆前端。裕紀的手根本沒有力氣，所以根本都是我在削，不過裕紀似乎對於削下來的碎屑落在報紙上，筆心逐漸出現的樣子相當感興趣。削完一枝，裕紀又拿了一枝給我。然後我和裕紀再削那枝鉛筆。

「今天，你們去了什麼地方？」真弓從廚房探頭問。

「鬼屋。」裕紀大聲地說。喂，雖然我的心裡這麼想。

「去了湖泊那裡，記得嗎？我的朋友在那裡開了間船屋。」我馬上加以訂正。真弓不曉得有沒有聽見我的回答，隨便地點頭。

「飯煮好了。快來快來。」真弓催促我和裕紀上桌。

裕紀連吃了三盤咖哩飯，或許是坐車累了吧，躺在和上次相同、鋪在電視前的床墊上，不一會兒便呼呼大睡。我關上客廳的燈、拉上紙門，在餐桌上與真弓面對面。真弓明天也休假。休假前會喝大量的酒。然後，像是失去意識般昏睡，直到中午，誇張的時候會一直睡到傍晚。可是，明天裕紀會在。晚餐時只喝了一罐氣泡酒。

「三個人開車去哪裡走走吧。」當我這麼說的時候。

「不要做那些以父親自居的事。你不是他的父親。」真弓生氣似的說。

「我沒有這種想法……」

「被感情牽著鼻子走，是海斗的壞習慣喔。」

「我也不會被牽著鼻子走。」

口氣變得挑釁是真弓喝醉的證據。今天明明就沒有那麼醉，卻莫名其妙地頂撞我。我覺得真弓有重要的事想說，但找不到頭緒。

選條輕鬆的路走吧。我的腦中浮現了今天雄三在湖泊對我所說的話。

「我們結婚吧。」

「白痴。」

真弓把氣泡酒的空罐朝我丟，我敏捷地接住了。

「和裕紀三個人一起生活吧。」

「你是白痴嗎？裕紀不是個正常的孩子。」

「身為看護的我和真弓可以辦到的。」

「扶養孩子和看護是完全不同的，海斗，你真的什麼也不懂。」

真弓的嗓門越來越大，我把食指放在嘴唇上，指了指隔壁的客廳。我不希望爭吵的聲音導致裕紀醒來。真弓起身，從冰箱取出一罐新的氣泡酒。拉開瓶蓋，一口氣喝掉了半罐。

「我有喜歡的男人。」真弓看著我的臉說。

「在東京經營好幾家日間服務和住宅型收費老人中心的男人。半年前來參觀我們的機構的時候認識的。那個人問我說要不要去東京，成為他公司的員工。」

我沉默地聽著真弓說的話。

「我，已經累了。想辭掉看護。……結婚過輕鬆日子。」

「辭掉看護？」

「看護這種工作，不管再怎麼做，薪水頂多也就那樣。即便是海斗所做的經理人，薪水也不會高到哪裡去。然後去上大學、成為社會福祉士，到那個時候都幾歲了？薪水又會是多少？如果是這樣的話，我想要成為依賴他人的那一方。那個人也說了會讓我去上大學。我想要輕鬆地過下去。」

過下去，是想去？還是想活下去？我無法判別。④

④「想去」和「活下去」的日文發音同為「IKITAI」。

「那裕紀要怎麼辦？」

「去東京的特教學校。那個人說他會想辦法？」

聽著真弓的話，我心想，到底有多少是真實的呢。

我覺得真弓的話全是謊言，我也希望它是。不過，如果真弓說的是真的，某方面的我也感覺到輕鬆。我們結婚吧，剛才對真弓說的這句話並非出自我的真心。只是想對真弓說一次結婚這個字眼。出自於生活了三年的責任所產生的話。兩個人都沒有說出真正的事實，假裝坦承自己的內心話，試圖和眼前的人分手。大人怎麼會如此地愚蠢呢？

我和真弓，對於無味的兩個人的生活走向終點，竟然沒有任何抵抗。我把真弓喝剩的氣泡酒喝完。已經不冰的酒的苦味在舌頭上擴散。

「不過，明天還是三個人一起過吧。」

我對著突然起身的真弓的背影說。

「也是。」她回答。真弓的背影有如此這般嬌小嗎？我想。

「海斗。」真弓回頭看著我的臉。似乎想要說些什麼。

「……算了，沒什麼。」真弓輕輕地關上紙門。

我開著車，但沒有決定目的地。如果真弓所說的話是真的，那麼我想帶裕紀去看富士山。出了市區，行駛在彎道接二連三、沿著湖泊的道路，以及通往樹海的道路上。

「什麼是風洞？」真弓看著看板問。

「是橫洞。只是連續好幾個像洞窟般的橫洞而已。一點意思也沒有。」對於我說的話，嗯哼，聽起來像是不感興趣的樣子，正當我準備直接開過去時，

「我想上廁所。」後座的裕紀突然這麼說，於是我把車子停在橫洞的入口。裕紀和真弓走向位於入口的商店裡。裕紀先走了出來，我在商店買了咖啡和果汁，兩個人在商店外面等。

出了店門口往左側走的話，便是樹海。從這裡就能看見即使在白天也陰暗且茂密的森林。被青苔覆蓋的隆起的熔岩、以及倒在地上的樹木，看起來就像是那裡有著巨

大的綠色生物一樣。

「那個……」裕紀開口。

「怎麼了？」裕紀的眼睛害怕地看著樹海裡。

「我會被丟掉嗎？」

「什麼？」

「我會被丟在這裡嗎？」裕紀抬頭對著我說。

「因為你做了壞事所以把你丟掉，媽媽這麼說過。」

「哪一個？」

「倫子媽媽。所以我才不能回家。不能從奶奶家回家。我，不知道自己的家在哪裡。」

裕紀把手背放在眼睛上，哭了起來。裕紀的哭聲越來越大，經過眼前的觀光客毫不客氣地看著我和裕紀。裕紀身上仍背著束口後背包。開口邋遢地敞開著。我看見我買給他的鉛筆盒。我取出鉛筆盒，從裡面拿出油性筆。我打開裕紀的手。和死去的老爸、照護機構的被照護者一樣，裕紀的手心上也有三條粗線。我用油性筆加以描繪。

把三條線如同一筆畫般連結成一條線。看起來剛好像是一個M。

「我們之前在星象館看過對吧。以前的人把星星和星星連成星座，用來辨別方位。這個，是裕紀的星座。裕紀的手心上有這個，所以絕對不會迷路。更何況。」

裕紀用手指搓我畫在他手心的粗線，確認會不會消失。

「沒有誰會把裕紀丟掉。萬一，如果說，發生那樣的事的話。」

我在鉛筆盒上寫上大大的「KAITO」⑤，以及我的手機號碼。

「打這個電話。這是哥哥的電話號碼。明白了嗎？」

嗯，裕紀雖然點頭，但看起來還是很不安。

被感情牽著鼻子走，是海斗的壞習慣喔。我想起了昨天真弓對我說的話。的確，或許真的是這樣。可是，如果不是這樣的自己，應該壓根也不會想要去從事看護的工作。

⑤KAITO：海斗的日文拼音。

我用油性筆把自己手心上的三條線也連結起來。我把變成M的形狀給裕紀看，裕紀打直身體，把自己的手心和我的手心靠在一起。裕紀厚實帶肉的手心很溫暖。

「你們在做什麼。」

從廁所回來的真弓用手帕擦著手，用一種彷彿看到噁心的東西般的眼神，看著我和裕紀。

在一個月的休假的尾聲，真弓和裕紀搬去了東京。真弓所說的那個男人是否真的存在，直到最後我還是不信，不過來到物品全部清空的房間接真弓的男人所給我的名片上，確實有公司名稱和董事長的頭銜。

「要不要到東京工作呢?和我一起。您是照護經理人對吧?」

男人如此說著並尋求握手，不過會對交往中的女人的上一個男人說出這種話的男人，根本就不能信任。真弓坐在那個男人所開的車子的副駕駛座上，後座則是一臉緊張的裕紀。我敲了敲男人一度關上的車窗，車窗再次被打開。

「裕紀的事就拜託您了。」

我說，男人點頭，立即關上車窗，開動車子。彷彿把那兩個人給綁走似的。車子往東京的方向離去。

所有人都拋棄這個城市而前往某個地方。只有我一直在這裡。

不想待在沒有真弓物品的房間裡，於是我也開車出門。有個想要加以確認的地方。在那裡呢，還是不在那裡。在和大馬路相隔一條的路上開了十分鐘左右，在消防局的路口轉彎，沿著山路往上。一台車子勉強可以通行的狹窄道路。前面有間像廢棄屋子的家。裕紀說是鬼屋。我想起裕紀說這句話的表情，眼角泛淚。我在中途停車，哭了五分鐘。我也不知道自己為什麼要哭。老爸不在了，許許多多的被照護者死去，對於那些事日漸感到麻痺，以為會一直持續下去、與真弓的生活意外地結束，和曾在某個瞬間心意相通的裕紀分離，這些事糾結成一塊，持續冷卻著我的心。不斷無視著如果不哭泣就不會融化的那塊存在，而在不知不覺中變成一個哭不出來的人，對於這樣的自己，我感到些許悲哀。

趴在方向盤上哭泣時，叩叩，我聽見敲打車窗的聲音。原以為是小鳥或者蟲之類的。小型生物撞到車窗的聲音。我抬頭往旁邊看。是日奈，敲打著我的車窗。我打開車窗。用哭泣的臉直接看著日奈。

日奈和我都想說些什麼，但卻什麼也沒說。叫聲高亢的鳥從頭頂上飛過。草的味道十分強烈，使我回過了神。我的視線往下看向日奈的手。和最後一次見面時相比，手上的皺紋多了許多。我留意到日奈的手上握著一把剛剛割下的草。葉子沙沙作響，下起了小雨。小小的雨滴落在日奈臉上。

有些人離去，也有些人回來。

這個城市、富士山、這個家，現在都還在這裡。

「歡迎回來。」

我說，日奈瞇著眼，給了我一個幾乎看不出來的微笑。

神桌上的水

「日奈是怎麼想的？也有人說要進行抗爭行動呢。結果不單只是拓寬道路，整個計畫變成剷掉道路延伸過去的山，然後挖一條隧道。」

對著正在換尿布的我，村松太太滔滔不絕地說。

在居家照護被照護者的家裡，除了照護上需要的以外，把對話維持在最低限度，是看護本該遵守的基本規定，不過在從小看著我長大的村松家，規定總是輕易地被破壞。如果是無關緊要的閒話家常，我也能隨便地附和，但今天的話題實在過於沉重了。

「這不等於是在破壞大自然嗎？把山給剷掉。總之，我認為那種事不是很好呢。」

猶豫後我決定保持沉默。不能說「嗯」或是「就是說啊」。要是被視為同意的話會很麻煩。「清爽多了對吧。」我只是對著睡在照護床上的村松爺爺說。爺爺的表情沒有任何變化，只點了點頭。

在提供只要按下呼叫按鈕，二十四小時看護隨傳隨到服務的公司工作，已經過了半年。被照護者家中裝設有租賃的呼叫按鈕。想要呼叫看護時，只要按下呼叫按鈕，便會連線到公司，由總機確認情況。根據緊急程度和內容，派遣看護至被照護者的住家。就是這樣的系統。由於今天是早班，事先把安排在下午的工作完成的話，照理說可在表定的四點準時下班，不過就在工作要結束前，來了兩件緊急呼叫，然後被分派到我身上。

離開第一件照護的地方，抵達村松家的時候，已經過了下午五點。村松太太利用居家照護和日間照護，同時照顧著自己的父親。平時也很習慣於換尿布，不過當排泄物超乎預期地多，束手無策的時候，便會呼叫看護。今天就這樣直接下班吧，主管雖然對我這麼說，不過即便工作結束，我也不打算把「那些話」對村松太太說。

「啊！村松太太，不好意思。我還要趕去下一個地方。」

流暢地撒了謊，我把攤開的物品塞進工作用的包包裡，走出房間。

出了走廊，空氣冷冽得刺骨。這一帶特有的寒冷，頑固地停留在這裡。玄關旁的房間門不經意地打開。全身上下灰色居家服加上黑色羽絨背心的男子探出頭來。雖然聽村松太太說過，去年底兒子俊太郎從東京回到這裡，不過由於我最後一次見到的是高中生時的俊太郎，所以無法將眼前的男子和俊太郎加以連結。應該是剛睡醒吧，嚴重浮腫的臉上鬍渣相當顯眼。

「飯呢？」俊太郎對著我身後的村松太太說。

「現在根本忙不過來。自己隨便解決吧。」村松太太用不太高興的聲音回答。

我用什麼也沒聽見的表情，在玄關穿上休閒鞋。

「那麼，告辭了。」當我抬頭，臉上寫著不甚滿意的村松太太，以及長得和村松太太一模一樣的俊太郎，一同朝著我看。

坐進停在村松家前的車子裡，繫上安全帶。我試著忘掉剛剛在村松家裡看見的事。不刻意這麼做的話，無法持續這份工作。開始從事到府照護的工作後，這種想法也更加地強烈。

沿著這條路開個十分鐘左右就會到我家，但我把車子朝著相反方向回轉，往車站前的鬧區去。去不動產公司付錢。

得知我住的房子以及一半的庭院被道路拓寬牽連，是去年秋天的事。在我回到這個城市，那個家的半年後。一開始聽到這件事的時候，我和村松太太一樣，腦中一片混亂。那是和爺爺共同生活過的家。怎麼可以單方面亂搞，我也曾因此憤怒。

但是，比起我對那個家的感情，那個家的壽命卻已到了盡頭。

老是覺得地板有些傾斜，直到看見掉落在廚房地板上的桃子罐頭飛快地往出入口滾去，我得到了證實。去年夏天尾聲，當颱風來襲時，作為寢室使用的房間天花板漏水，雨水滴落在睡在床上的我臉上。那個家之所以能夠勉強撐下去，是因為爺爺三不五時的進行修繕，當我發現這個事實時已經太遲了。我一直以為只要割掉那些一直長長的雜草就足夠了。

我也曾經詢問過裝修公司，得到的答案卻是「以目前的狀態來說，把房子整個打掉重建還比較便宜，也較為安全。」。而在保持這個家目前的樣貌下進行翻修的報價金額，完全不是我所能負擔的。

「全都是因為放置了三年之久。」有種被這個家責怪的感覺。確實，再度回到那個家生活後，各個地方的傷痕也一一浮現。我不在的這段日子，這個家一定有什麼地方受到決定性的傷害。不，受到傷害的是我。當我思索著那些時，被告知道路拓寬工程的事。時機剛剛好不是嗎？我想讓這個家得到超渡。

因此，對於剛才村松太太所說的，道路拓寬工程的反對運動，我壓根沒有加入的念頭。雖然沒有告訴村松太太，但早在年初時，我已經收到賣掉房子以及一半的庭院的款項。包含我在內，牽涉到這個道路拓寬工程的人，據說有一半以上都已經決定要賣掉房子或土地。

我把車停在計時停車場，走向不動產公司。離車站不算太遠的單房公寓。下一個住的地方，最好是和現在的家完全不同。空間盡可能地狹小，只能滿足最低限度生活所需的家。總覺得非那麼做不可。

只看過一次便決定下來的房子，所有的牆壁都是純白的，浴室和廁所及洗手台是一體的，和那個家完全不同。狹窄的陽台要放個花盆都很難。不過只要有一個房間可以睡覺的話，什麼樣的房子都無所謂。

這段日子只有工作，我的心不會被任何事打動。想吃美食，想再到哪裡去之類的，過去的自己有的那些欲望，現在的我完全沒有。而且，自己也不覺得那有什麼奇怪的。我把白色信封交給坐在眼前的不動產公司的男子。男子數完紙鈔，用沙啞的聲音說「收到您的款項了。」我依照指示填寫了幾份文件，蓋上印章。取而代之的是，我得到了兩把嶄新的銀色鑰匙。手心上的鑰匙，輕到像是用空氣做的。這種輕盈，和那間房子十分相配。

海斗坐在離我最遠的位子上。

進入包廂時有對上一眼，但也僅此而已。

專門學校時期同屆的八個人在車站前的日式居酒屋聚會。工作的場所不同的話，畢業後幾乎不會和同屆的同學見面。去年，曾經以「日奈好像回來了」為名目聚會了一次，在那之後，變成了每個月第三個週五晚上有空的人自由參加的定期聚餐。當我上大夜班，或是身體不舒服的時候，也不會參加。

根據大家的說法，同屆裡似乎有一半的人，已經由於各種理由，沒有從事看護的工作了。也有朋友成為和海斗一樣的經理人，或上大學而成為社會福祉士。不過，目前依然身處看護第一線的所有人，嘴上說的話幾乎沒有什麼改變。

工作辛苦、薪水低、外籍人士開始從事看護工作後究竟會變成什麼樣子呢？

「在學校的時候，老師曾經說過對吧。由於今後高齡者不斷地增加，看護絕對是不可或缺的職業，待遇也會提升。」

坐在我對面的木下說。

「根本是騙人的。」

「騙人的」「騙人的」所有人藉著酒意提高了音量。

「腰和肩膀都僵硬到不行啊。這種工作再撐也沒幾年了吧？」

接下來，各種關於自己身體上的不適和傷害的告白持續著。

「才三十幾歲就這樣，要一輩子做看護根本就不可能吧？」

雖然手肘上纏著白色繃帶的安齊笑著說，不過，或許內心都是這麼想的，大家沉默地把酒或小菜往肚子裡吞。

「要結婚也很難啊。」

坐在我旁邊的小梢打破沉默地說。在場的人有一半已經結婚，一個人有小孩。除此之外都是單身。小梢應該是和木下在交往，難道已經分手了嗎？我在心裡想著。同屆的人之間的交往、結婚，雖然偶爾會被當作話題，但不會再往下深究。不管是誰都不想成為被討論的對象。我和海斗交往的事、分手的事、愛上別人而離開這個城市的事，在場的所有人應該都知道，但大家都裝做沒有這回事。這樣的體貼也就是三十歲這種年紀吧，我想。

「不過現在，辛苦的也不只是看護工作吧。我高中時期的前輩，去東京上大學然後在那裡上班，卻由於公司太過黑暗，導致心理問題，目前躲在老家當家裡蹲呢。」

「比起那樣的話。」

「光是有份工作就很幸運了也說不定。」

「在這裡至少能混口飯吃。」

聚會的尾聲，通常都是以這種對話作為結束。比起那樣的話還算好的。藉由那樣的對話，消除我們內心的不安。舉出不幸的例子，把它說成相對的幸福。那就像是讓明天也能繼續從事看護工作的強心針。

每一次，說著相同的話，在相同的流程下結束聚會。無法不從中感受到一種類似年老的氛圍。我們已經不是剛從專門學校畢業的年輕人了。在照護的人與我們之間，明明有著一大段距離，但幾十年後必定輪到我們自己成為被照護的人。已經可以微微地看見那個未來了。

聚會結束時，同一個回家方向的人會一起搭計程車。

今天我其實打算睡在那個房間。不過，自己的家由於道路拓寬而消失的事，租了單房公寓的事，都無法對大家開口。因為或許會有種彷彿中了巨額樂透般的愧疚。但是，那個金額也不是高到會讓周遭的人感到羨慕的程度。說實話，只有這麼一點嗎？這種感覺反而比較強烈。

從居酒屋用走的便能回到那間公寓。

「咦，日奈，妳不搭車嗎？」

小梢對著遠離計程車排隊隊伍的我說。

「對，我今天……」我含糊帶過。

「這樣啊。」說的同時小梢朝我走來，「男朋友？」在我耳邊問。聽見我回答「才不是呢。」小梢帶著不是很滿意的表情回到隊伍裡。

「那麼我先走了。」我對大家說，拜拜，下個月再見囉，大家分別對我說，並向我揮手。只有海斗沒有看我。醉得紅通通的臉，抬頭看著莫名的方向。我往海斗看的方向望去，那裡有著奶油色的小小月亮。用冷漠的表情看著月亮，真像是海斗的風格。

去年的梅雨季時，海斗曾對著我說「歡迎回來」。除此之外，我和海斗沒有進一步的對話。

有時，我會一邊抬頭看月亮，一邊走路回家。

搭電梯上六樓。打開門，走進漆黑的房間裡。不開燈。落地窗連窗簾也沒有。走到漆黑的窗前，眺望這個城市。車站、拱廊、紅綠燈、往某個地方開去的車子的車燈。看不見人的蹤影。由於以往都是住平房，不太習慣往下眺望的視角。回頭看，剛買的一床單人被包在塑膠袋裡，被擺放在牆邊。我坐在地板上，上半身躺進棉被裡。

把雙手往上舉，我感覺到僵硬的肩膀附近的血液在流動。是隔壁的房間嗎？我聽見說話的聲音。偶爾參雜著笑聲。也或許是電視的聲音。是不是會一個人死在這個房間裡呢？我不禁心想。但這個房間裡的我，卻不覺得那樣很寂寞。

在那之後不時會接到村松太太的呼叫。大概都是幫忙更換尿布的需求，但那種事村松太太也會，根本不需要呼叫像我這樣的看護才對。不過，我嚥下了這個疑問，只要收到呼叫便會前往村松家。因為那就是我的工作。村松太太像是期待著我的到來似的，站在更換尿布的我的身旁，開口說道：

「日奈，已經下定決心了對吧。我聽說了。」

我的手一瞬間停住了，看著村松太太。

「明明和我商量一下也好……」

「……對不起。」

雖然道歉並非我的本意，但我不希望村松太太以為我無視於她所說的話。我繼續更換尿布。

村松太太從小時候就很疼我。也可以說是守護著我和爺爺的兩人生活的人。在晚飯時會帶著某道菜過來說「要吃喔」，也曾經幫我修補制服的裙子上的破洞。

村松太太的丈夫過世，是在我讀高中時，在那之後，村松太太便把自己的父親接過來同住。俊太郎在我還是國中生時便去東京讀大學而不在了。和愛聊天的村松太太不同，是個沉默寡言且成熟的人。小學時期喜歡昆蟲，國中時期則經常和我爺爺在我家的外廊上下棋。「俊太郎非常會讀書。」爺爺對我說過好幾次。

「年輕人真好。馬上就能轉換心情。倒是我該怎麼辦才好。不曉得找不找得到能和爺爺一起住的房子。」村松太太說完，深深地嘆了一口氣，走出了房間。

換著尿布時，我心想，站在看護的立場，我應該要告訴村松太太，也有把爺爺送去老人照護福祉機構的方法。要在什麼時機說呢，思考的同時，我測量了村松家爺爺的血壓和體溫，確認氣色不錯後，走出了房間。

廚房位於走廊的左側，不過村松太太不在那裡。我看見穿著羽絨背心的俊太郎的背影。面向桌子坐著，從白色藥袋取出鋁箔包裝的藥，把藥押出至手心上。黃色的橢圓形藥錠和白色的圓形藥錠。好像是八顆，還是十顆。不像是感冒藥。不管那是什麼病，藥的數量還是多到讓我畏縮。

「那個，村松太太……」

俊太郎沒有回答我的問題，把手中的藥錠配著寶特瓶裡的水一口氣吞了下去。

「……又跑到某個家去說道路拓寬的事了吧。幹勁十足地反對呢。目前，對於那個人來說，這是唯一能夠紓解壓力的方法。」

俊太郎頭也不回地對我說。

那個人，這字眼在我耳裡揮之不去。

「爺爺臥病在床，兒子因抑鬱而足不出戶，住習慣且具有回憶的房子又牽涉到道路拓寬，種種情況就連那個人也應付不過來吧。」

彷彿說著他人的事似的，俊太郎些許高亢的說話聲音，和我記憶中的聲音幾乎沒變。不過，以前他不是如此多話的人。背部也有些渾厚。高中時期的俊太郎，上半身就像是在襯衫裡游泳一樣，曾是個瘦子。當時的模樣已不復見。體重應該也有當時的兩倍了吧。俊太郎的話還沒說完。

「我完全就是人生失敗組。再也無法往上了。一點也不想在某間公司以低薪被雇用或是被使喚工作。我不知道那個人把這個家賣掉後會做些什麼，但那筆錢也會是這個家裡的生活費。活到死為止的錢。這個家裡有三個沒有工作的人。生產力是零。那個人照顧的爺爺某一天會死，然後換我照顧那個人。那個人的尿布，我真的有辦法換嗎？」

「你可以的。」我不加思索地回答。

俊太郎回過頭看著我的臉。不知道是不是對我的回答感到驚訝，他的嘴微微地張開著。

「……那是因為日奈是看護啊。」

日奈，對於俊太郎這樣呼喚我，這一次換我感到訝異了。距離俊太郎上一次用日奈呼喚我，已經不知道經過幾年了。

「日奈，這個，我想或許是大紫蛺蝶。」

如此說著並且把籠子裡的蝴蝶拿給我看，應該是我還是小學生時的事了。在那之後，俊太郎好像就再也沒有呼喚過我的名字了。

俊太郎凝視著我的臉。強烈的目光，讓我不禁移開視線。

「爺爺目前情況良好。如果有什麼狀況，請再使用按鈕進行呼叫。」

我說完，休閒鞋只套上一半，便走出了村松家。背後同時可以感受到俊太郎的視線。

我思索著要把什麼物品帶去新家。電視、矮桌、茶櫃、掛鐘。這些都和那個房間不搭。爺爺和父母親的牌位、幾本相簿，好像這些就足夠了。睡覺和吃飯、洗澡所需的生活用品，我打算買新的。一年份的衣物，收進了三個紙箱裡。在那個房間的窄小衣櫥裡，擺進塑膠的收納衣物箱的話，應該可以全部收納起來。工作時穿制服，回到家會換上類似家居服的衣物，但都不是什麼昂貴的服飾。一整年都穿著牛仔褲或是棉褲。夏天穿短袖，冬天穿長袖。再冷一點就穿羽絨外套。覺得衣服快要壞掉的時候，再去購物中心買就好。

對於化妝也沒有太大興趣。以前，對了，在第一次遇見宮澤先生的時候。我想起了在接受宮澤先生的太太（當時我不知道那個人是他的太太）訪問時，她對於我幾乎沒有任何興趣而十分震驚。

他現在過得好嗎？我抬頭看向庭院。自從決定賣掉這個家之後，庭院就一直保持這個樣子。會留下來一半，不過也說不上寬敞。在新建的道路旁，不大不小的庭院完全派不上用場。該如何是好，我想到就厭煩。

宮澤先生總是細心地割草。回到這個家，連一次也沒有留戀地想起過宮澤先生。自從和宮澤先生分手，在我的心裡，去愛上或是思念某個人，不，在那之前，就連喜怒哀樂等基本的感情，都無限地趨近於零。

如今，無論在公司裡，或是因居家照護而前往的家庭裡，都可以流暢地談天說笑。工作也駕輕就熟。可以好好吃飯，也不會睡不著。不過，在某個瞬間不經意地發現。在我心中的某個地方，有個像是拔掉智齒後的牙齦上，只有在舌頭觸碰到時才會感覺到的大洞。

在公司同事，或是同學的聚會上，大家都會說「想談戀愛」或「想要男／女朋友」。我總是微笑聽著那些對話，覺得自己這一輩子或許不會愛上任何人吧。對於這件事我也沒有任何危機意識。同事邀約的聯誼我也沒參加過。在那裡遇見某個人，對那個人產生好感，或是那個人對我產生好感，我很討厭這種狀況。不想和任何人有深度的交往。那曾是我的本意。每當我這麼想，腦中便會浮現宮澤先生。這是一種後遺症。愛上宮澤先生這個人，和他一起生活的痕跡。那或許是宮澤先生唯一留給我的東西。

我心想著那些事，同時把要搬去新房間，為數不多的物品放進車子裡。

只要開車往返個兩三趟，就能搬完了吧。這個家會在四月被拆除，但我把床加以保留，在拆除的那天到來之前，我決定同時在新家和這個家過生活。

自從我決定加以破壞後，這個家就像是水壩潰堤似的，各個地方不斷地出現問題。再也撐不下去了，彷彿這個家如此呼喊著。窗戶無法完全地關上，無論如何讓房間變暖仍無法止住身體的顫抖。
聽我這麼說，公司的前輩服部先生如此說道。
「家和房間都是具有感情的。只要一決定搬家，或討論拆除，各個地方便開始出現故障，被照護者的老爺爺們曾經這麼說過。」
聽完那些話，如果我在拆除前便離開這個家的話，情況應該會更嚴重吧，我為此感到不安。下大雨或是積雪等氣溫低的日子，我會到新房間去避難。但除此之外的日子，我決定盡可能地在這個家度過。明明對人沒有任何興趣，我卻試圖討好逐漸蕭條的家。
在公寓的停車場和房間之間往返，完成了紙箱的搬運。即便如此，新的房間還是空空蕩蕩的。過了上午十一點，雖然是冬天，但從落地窗照射進來的陽光居然有些熱。不買窗簾不行，正當我這麼想，才發現被我忘得一乾二淨的事。不是只有窗簾。菜刀、砧板，以及毛巾，新生活所需的物品都不齊全。我環顧房間，把想到的東西記在手機裡，然後便出門去了。

我在購物中心裡，一個接一個購買所需的物品。買完必要的東西，我還隨意買了浮在浴池裡的黃色小鴨、蘋果造型的廚房用計時器等，目前沒有特別需要的東西。每一件東西的單價都不高。不過，已經好久沒有像這樣亂花錢了。

如果一輩子都要在那個房間生活的話，乾脆把它買下來或許也不錯。不過，用把爺爺的家賣掉的錢，拿去買那個索然無味的房間，心裡還是有些抗拒。新房間的租金用自己的薪水來付。賣掉家和土地的那筆錢，盡可能不去碰它。為了自己的將來而準備著才是最可靠的。為了能自己一個人活下去。為了自己無法繼續工作的時候。

不過，另一方面，我也曾經有過把剩下來的錢一次花光光的奇怪念頭。雖然說是因為道路拓寬工程，但一個人獨享把爺爺的家和土地賣掉的錢，對於某個部分的我來說太過沉重。比如，在這個購物中心持續無意義的購物，直到把錢花光。不過我不認為這個購物中心裡，想要的東西足夠讓我把錢花光。

約十年前，購物中心剛落成時，不是現在這個樣子。只要休假就會來這裡。光是來這裡心情就很興奮。當時除了我以外，所有的人也都會來這裡，可是現在無論哪一間店面都十分冷清。平日的這個時段，店員似乎比顧客還要多。
兩手提著幾個沉重的塑膠袋，走向出口。出口上方的時鐘，顯示時間馬上要到中午。沒有回家煮飯的心情。在這裡吃點什麼好了，於是我轉身搭上了手扶梯。
最上層的美食街，在我不在這個城市的期間，完全地改頭換面。南側的窗戶改成延伸至天花板的一整片玻璃，面向窗戶設置了一人使用的吧檯座位。坐在餐桌座位上的，不是老人，就是帶著小孩子的年輕媽媽。我把東西放在吧檯座位上，在第一眼看到的店面，點了一盤炒烏龍麵後，得到了一個類似呼叫按鈕的方型物品。餐點準備好的時候會發出音樂及震動，店員向我說明。我目前的工作，也是藉由呼叫按鈕被叫去被照護者家裡。無論吃飯或工作都是相同的模式呢，我想。
坐在吧檯座位上，茫然地眺望窗外。沿著河川種植的是櫻花樹嗎？距離花季還有好一陣子。河川的對面是田野。左側有連綿的山。天空是與冬天相符的清澈藍色。一群小鳥飛落在田野上，一陣子後又成群地飛走。呼叫按鈕開始震動、發出音樂，我拿起托特包，站了起來。前方有個人和我走向同一家店。那個背影很熟悉。當那個人拿著托盤轉過身時，我們同時叫出聲音。

「啊。」

是海斗。雖然試圖說些什麼，猶豫的我卻閉上了嘴。海斗也沒有說任何話。海斗和我保持著沉默，拿了炒烏龍麵後走向各自的座位。我坐在所有吧檯座位裡靠中間的座位，海斗則是一個人坐在最角落的座位。總覺得海斗或許會主動來跟我說話，但海斗沒有往這裡靠近的跡象。我也難以拿捏與海斗之間的距離。可以接近他嗎？可以和他說話嗎？我完全不知道。我和海斗在同樣的吧檯座位上，各自吃著同樣的炒烏龍麵。我三不五時停下筷子，眺望窗外的風景。

我沒有勇氣主動去和海斗說話。也許，海斗希望我盡可能不要出現在他的視線範圍裡。我們走在不同的道路上。看起來永遠都不會有交集。即便住在同一個城市，像這樣近在咫尺，我們也會如同他人一樣，在同學的聚餐上碰面時裝作不認識般地的活下去。

「妳現在住哪？」

頭頂上突然傳來這句話，害我嗆到。我趕緊喝了一口水。

往右一看，海斗就站在我身旁。是已經吃完了嗎？海斗的右肩上掛著背包，手裡拿著幾本書。海斗的視線往放在我隔壁座位上的好幾個購物袋看去。從其中一個袋子可以看見裡頭用塑膠袋包著的窗簾。

「已經不住在那裡了嗎？」

「……那、那個。」我回答，同時煩惱著該從哪裡開始說起。海斗是否和我對他說「歡迎回來」的那天一樣，曾經去過那個家呢。

「那個家和庭院，由於道路拓寬工程將消失不見。所以，我搬家了。目前在那個家和新家之間來來去去。」

海斗沉默地看向窗外。我看著海斗。和我一樣變老了的海斗。過了一會兒，海斗開口說話。不過視線依然看著窗外。

「一個人住？」海斗問。

「一個人。」

這時，從附近的某桌傳來嬰兒的哭聲。或許是因為天花板很高的緣故，那個聲音好像被吸進某個地方似的越來越遠。

「那個家和庭院都會消失是嗎？」

「庭院會留下一半。不過面積很小，只剩下那些的話什麼也不能做……」

雖然有種在狡辯的感覺，我如此回答。之所以這麼想，是因為從表情和聲音，可以感覺到海斗正在生氣。視線往下，海斗手上的書的書背上的文字映入眼簾。「社會福利類大學」、「考試」、「小論文」。看樣子全是參考書。

「只有庭院也好，可以讓我看看嗎？」

「……好的。」

我把吃剩一半的炒烏龍麵的盤子放到托盤上，站起身準備收拾。海斗看著盤子，露出驚訝的表情。

「先把東西吃完再說吧。」

「不了，我已經飽了。」事實上也是如此。

我和海斗各自開著自己的車，從購物中心前往我家。

當我把車子停在庭院周圍，便聽見海斗的車子開上山路的聲音。

我進入家裡，繞到走廊，打開玻璃門。不出力往上抬便無法順利打開。在廚房煮了熱水。等待熱水燒開的期間，看著庭院。夏天時期兇猛般繁茂的雜草，已演變成為冬天的淒涼，整個庭院都是咖啡色的。不過，不出一個月的時間，新綠便會再度露臉了吧？我想。

海斗站在庭院正中央，仔細地眺望整個庭院。準備茶水的同時，我心想海斗也曾在此和我一起生活過呢。只有庭院也想看看，我好像能夠理解海斗說這句話的心情，同時也覺得我應該要告訴海斗這個家即將消失的事才對。

以二月來說，氣溫反常地高。

海斗坐在外廊上，慢慢喝著我泡的日本茶。

「要去上大學嗎？」我一直很在意海斗拿在手上的那些書。

「我想去社會福利類的大學。或許不是現在馬上就是了。」

「這樣啊。這一直是你的夢想啊。」海斗的，我話說到一半停了下來。

直接用名字叫他可以嗎？我猶豫著。成為照護經理人，上大學，成為社會福祉士，這些都是海斗一直以來的夢想。交往的時候，海斗也曾提議過兩個人輪流去上大學。海斗現在已經是經理人了。一步一步地實現著年輕時的夢想。一直都在這個城市。在我改變住所、追逐宮澤先生、分手，然後回到這個城市的期間。海斗保持著他的步調，跑到離我很遠的前方去了。

「日奈也可以去吧。因為，只要賣掉這個家……」

海斗微笑地說著。海斗的，日奈，聽來真令人懷念。

「其實也沒有那麼多。」

「剩下來一半的庭院，打算怎麼辦？」

「不曉得耶……」

「居然說不曉得。不過只有一半大小的話，也沒辦法弄成公園。」

海斗說的同時再度眺望了庭院。

「不過，這樣太可惜了。」

「那個，海斗。」我刻意用名字叫他。

「我有件事想拜託你。」我真的很壞。

「這個家拆掉的時候，你可以陪我一起嗎？」

以往只要遇到困難都會拜託海斗。我有把握海斗這一次也不會拒絕我的請求。我想守護這個家直到最後。不過，只有一個人去做的話會害怕。父母也已經不在世上了。爺爺也不在了。更無法拜託宮澤先生。和這個家有緣分的人，對我來說只剩下海斗了。

海斗沉默地把茶喝完，小聲地說：「我明白了。」

「我為什麼會這樣。」說的同時海斗站了起來。

「每次都這樣。」

海斗頭也不回地撥開枯萎的雜草，大步地穿越庭院離去。

結束下午第一個家庭的工作，一回到公司，便被主管要求馬上前往村松家。「爺爺的樣子很怪。好像是發燒了。」說是來自村松太太兒子的聯絡。我開車前往村松家。從年底開始，流感和肺炎便來勢洶洶。對於體力較差的年長者來說，極有可能成為致命傷。

我按下村松家玄關的門鈴。無人回應。再按了一次，但還是沒有人出來應門的跡象。我拉了一下門，門沒有上鎖。「村松太太。」我在玄關前喊著，俊太郎才從走廊盡頭緩緩地走了過來。

「爺爺的臉紅紅的。摸了額頭，熱熱的。然後……」

「我明白了。」說的同時，我在玄關脫下鞋子。一進到位於走廊深處的爺爺的房間，裡面的暖氣有些熱。我用空調的遙控器調低了室溫。體溫在正常範圍，額頭上雖然有些汗水，但似乎不是發燒的緣故。摸了一下尿布，既潮濕又沉重。應該是很久沒有更換了吧，我一邊這麼想，一邊迅速地更換尿布。村松太太的爺爺雖然無法清楚地說話，不過還能表達出「是」或者「不是」。

「喉嚨會痛嗎？」「頭會痛嗎？」我問，不過對於這兩個問題，爺爺都只是輕輕地搖頭。內褲因汗水而濕了，我決定進行清拭。我迅速地脫下他的睡衣，同時對俊太郎說：

「我認為不是感冒症狀。也許是因為空調有點熱。」

我得不到任何回應。

「啊，今天，只有一個人在嗎？村松太太呢？」俊太郎也沒有回應這個問題。

「按下呼叫按鈕，但過來的人卻不一定是日奈。」

「每一家都是由好幾個人共同負責的。根據日子或時間的不同，看護也會不一樣。」說的同時，我擦拭著爺爺的臉。換上了新的內褲和睡衣，保險起見再量了一次體溫，和剛剛相比溫度已經降下來了。

「呼吸沒有不穩定，目前的身體狀況沒有問題，如果有什麼事的話再說。」

「五分鐘就好。」

「什麼？」

「日奈，給我五分鐘，不、三分鐘就好。可以聽我說一下嗎？」

不知道是否察覺到我有些恐懼，俊太郎繼續說。

「我絕對不會做出讓日奈害怕的事。這點我可以保證。」

說完後，俊太郎沿著走廊往廚房走去。

之所以決定聽聽俊太郎想說的話，是因為我腦中的某個角落，浮現我拜託海斗陪我見證那個家的最終。向某個人拜託某件事。被某個人拜託某件事。對海斗耍任性的自己，是否也應該去傾聽某個人的心願呢。如果只是三分鐘的話。待在房間裡的我，保險起見，把手機畫面顯示事務所電話，做好隨時可以撥打電話的準備後，放進制服的口袋裡。

廚房角落，瓦斯爐上的煮水壺，壺嘴冒出白色的水蒸氣。俊太郎坐在廚房的桌子上，示意我坐在對面的座位。本來想站著聽的，但俊太郎等著我坐下來。我拉出椅子，以隨時能站起來的方式坐了下來。

彷彿是要蓋過瓦斯爐燃燒的聲音，以及煮水壺的水蒸氣的聲音，俊太郎用響亮的聲音說。

「日奈和男人一起生活，但分手後又回到了這個城市對吧。……在那之前曾經和同一所專門學校的男生交往吧。那個人全都跟我說了。那個人知道這一帶的所有八卦。」

我低頭沉默。

「啊，不是的，我不是想要責備日奈。不過，為什麼女人的心可以說變就變呢。……我的太太，不對，曾經是我的太太的那個人，明明和我結婚了，卻有了外遇。三年以來我都沒有發現。真是個笨蛋。居然沒有發現那種事。不過，當時我也過得不好。公司快要倒了，工作上也不斷地出錯。沒有餘力顧及太太的事。因為當時我們兩個人都在工作。即便晚上很晚才回來，我也以為只是因為工作忙碌吧。……可是，不曉得為什麼，總是會知道的。某一天突然地。總覺得有些奇怪的各種事，全部連起來了。太太或許也有些輕忽吧。我追問。我絕對不會做那種事，你是在懷疑我嗎，她回答。我曾經一度相信了太太所說的話。不對，那應該是謊言。從那個時候我開始認真地懷疑。花了一大筆錢請徵信社監視太太的行動。只花了一個星期就知道了太太瞞著我幹的所有事。那些事超乎我的想像。」

老早就超過三分鐘了，俊太郎卻沒有打算停止。我緊握口袋裡的手機。俊太郎說話的音調沒有變過。彷彿正在唸著眼前的稿子似的。

「離婚吧，是我開的口。雖然有錯的是對方，我也沒有要求贍養費。太太馬上搬出了公寓。太太和我分手後馬上就和外遇對象住在一起了，有人刻意地來告訴我這件事。不管到哪裡都有這種人對吧。多管閒事的人。想說為她好才這麼做，因此也無可奈何。……我和太太之前住在中央線沿線上的公寓喔。太太離開後，一個人下班回到家時，我經常在公寓的陽台喝啤酒。只要看到車身上有橘色線條的電車經過，就會流下眼淚的說。一想到那個電車連結著這個城市，我的眼淚就止不住。眼淚像壞掉的水龍頭一樣流個不停。很奇怪對吧，如果是想著離開的太太而哭泣的話還可以理解，但看見行駛的電車、想到這個城市的事而哭泣就未免太那個了。那個時候，我已經完全崩壞了。從某個早上開始，便無法下床去公司上班。想要起床也起不來。那種情況持續了三個月後，便被公司委婉地解雇了。即便如此，我連和公司抗爭的力氣也沒有。

那個人來接我，因此我又開始在這個家生活了。」

話題喀嚓地中斷。

俊太郎把放在桌子上的手翻了過來，手心朝向天花板。他已經說完了嗎？俊太郎不發一語。我把椅子往後，慢慢地站了起來，但俊太郎依然維持著那個姿勢不動。那時，玄關的門突然打開。提著白色塑膠袋的村松太太出現了。

「哎呀，日奈。為什麼會在這？」村松太太驚訝地說。

「那個，接到俊太郎的通知，說爺爺可能發燒了。」

「是喔。」

「不過完全沒事。體溫正常，也沒有感冒的跡象。」

「啊，這樣啊。呼，嚇了我一跳。要是怎麼樣的話。」

說的同時村松太太走進屋裡，把東西放在廚房後，以小跑步的方式往走廊前方爺爺的房間去。我跟在村松太太後頭，說明了爺爺的身體狀況、更換尿布、清拭等事情經過。等我再回到廚房時，俊太郎的身影已不在那裡。

明天的休假，聽天氣預報說這附近或許會積雪，於是我決定睡在新房間。越是習慣單房公寓的高度氣密性和溫暖，越是無法忍受那個家徹骨的寒冷和隙縫的風。現實是殘酷的。我的家正在更換。從舊家換到新房間。

不經意地想起，昨天俊太郎說的「為什麼女人的心可以說變就變呢」這句話。想想自己做過的一切，無論被誰如此非難也是沒辦法的事。我泡在公寓裡的狹小的塑膠浴缸裡想著。從海斗到宮澤先生。然後又回頭想要依賴海斗的自己。我突然發現。彷彿漂流的人拚了命抓住浮木似的、擁有抱住某個人不放的關係，是由於我是一個人的緣故嗎？我看著泡在熱水裡的我的手、胸部、肚子。小小的氣泡四處附著。我的身體無人可依。

這時，放在浴室外的手機響了。我從浴缸起身、用浴巾包住身體，把手伸進羽絨外套的口袋裡。手機螢幕上顯示「村松」。

「不好意思，日奈。是我。」村松太太的聲音聽起來很慌張。

「爺爺怎麼了嗎？」

即便是關於爺爺的事，理論上也不會打到這支手機來。我心頭一驚。

「不是的。俊太郎他……有些不對勁。無論我怎麼叫也叫不醒。」

村松太太用好像下一秒就要哭出來的聲音說。

「我馬上過去。」我說，同時用浴巾擦拭濕的頭髮和身體。抬頭一看，自己的裸體映照在窗簾沒有拉上的黑色窗戶上，不禁嚇了一跳。

把尚未全乾的頭髮塞進毛線帽，穿上剛剛脫下的衣物，我開動車子。

「雖然有在呼吸，但怎麼叫也叫不醒。不過，我想也有可能只是在睡覺吧。」

當我一進門，村松太太便抓住我的手，用顫抖的聲音說道。村松太太把位於玄關旁的俊太郎的房門打開。躺在床上的俊太郎，兩手在胸前交叉，靜靜地睡著。雙手在胸前微微地起伏。我不經意地看向床旁邊的垃圾桶。裡面有大量的藥錠被取出後的鋁箔包裝、以及礦泉水的空瓶。看到那個的瞬間，我用手機撥了119。

「日奈，俊太郎，會死嗎？我說，會死掉嗎？」

「沒事的。不會死的。沒事的。」我只能這樣重複。

救護車很快就到了。我和俊太郎一同上了救護車。在前往醫院的救護車裡，俊太郎緩緩地睜開了眼睛。

似乎想要說些什麼。我貼近俊太郎的嘴邊。

「……如果是認真的，我就會去樹海了。」說完俊太郎臉上浮現一絲微笑。

俊太郎住的醫院位於車站前，距離我的公寓也很近。早班的工作結束後，我到病房露個臉。俊太郎的病床在以簾子區隔的四人病房裡靠窗的位置。當我掀開簾子，俊太郎便打算從床上起身。

「我想去會客室。」當我打算扶如此說道的俊太郎時，「已經沒事了。」俊太郎用手阻止了我。

雖然有點不穩，但俊太郎已經可以自己行走了。傍晚的會客室，除了我和俊太郎以外，沒有任何人。俊太郎慢慢地坐在面朝窗戶的椅子上。我也在隔壁坐下。

「妳看，那裡。」俊太郎伸手指著。

一如往常淺米色的車站大樓，上方樓層T字型銀色窗戶反射著夕陽。圓環上停著一台公車和幾台計程車。車站大樓的右方，電車朝著東京的方向出發。是梓（Azusa）號呢？還是甲斐路（Kaiji）號呢？我也曾經從那個車站出發去見宮澤先生。

「曾經和我交往過的人在東京。」

俊太郎看著我，張口好像有話想說，卻什麼也沒說。

「洗胃會痛嗎？」

「因為沒有意識，所以完全不記得了呢。」

「那些藥，吃再多也死不了的喔。」

「我只是想要睡覺而已。一直，一直睡下去。但沒有想要死。」

「村松太太很擔心。」

「那個人太誇張了。不過是個愛八卦的歐巴桑罷了。」

「不過，她也是到東京去接俊太郎的人。是溫柔的歐巴桑。」

「……」俊太郎低著頭、嘴角下垂。

電車快速地從東京的方向駛來。從這個城市再往前，從現在之後的時間，那輛電車上的人要去做什麼呢？是否都是要回家的人呢？

「日奈的家，再一陣子也會消失吧。」

「死去的爺爺可能會變成鬼出現吧。說妳怎麼可以把房子破壞掉，之類的。」

聽我這麼一說，俊太郎的臉上浮現出和躺在救護車裡時相同的笑容。

「小時候，我經常和日奈的爺爺一起下棋呢。爺爺也經常給我看昆蟲和蝴蝶的圖鑑。也時常聽我訴說在學校裡被霸凌的事。某個時期，日奈的家也曾經是我唯一的歸處呢。」

「……那些事，……我完全不知道。」

「因為日奈當時還只有這麼小啊。」

俊太郎把手放在腰的附近說。

「在庭院裡騎單輪車、用三葉草做花圈、總是哼著歌。當時的我，每天的生活都是黑暗的，因此我總是心想，這個孩子到底為什麼可以這麼快樂呢？」俊太郎說完，笑著看向窗外。

「日奈是個嬌小、開朗、堅強的孩子。」

電梯門打開，裝著住院患者晚餐的推車被推了進來。

「啊，已經是吃飯時間了。」我站了起來。

「日奈。」聽見呼喚，我看著俊太郎。

「一個人不會寂寞嗎？」

「說實在的，很少感到寂寞。」

我走出會客室、通過走廊、按下電梯按鈕。

「我還能再次愛上某個人嗎？」

「誰知道呢……」

「誰知道呢。……真是冷漠。」說完，俊太郎笑了。

「我連自己都搞不懂了。」

「搞不懂、搞不懂，雖然女人這麼說，行為卻總是很大膽不是嗎？我真的搞不懂。」電梯門打開。

「……所以，是為了搞懂而試圖接近吧？」

俊太郎像是在對自己說似的呢喃。

俊太郎對著走進電梯裡的我說。

「謝謝。」

我點頭示意，俊太郎則舉起了一隻手。電梯門緩緩地關上。

我的家被拆除，是這個城市完全進入春天，四月的第一個星期四。

一開始，幾個作業員爬上屋頂，把所有瓦片往庭院裡丟。結束後，黃色的挖土機把爺爺和我曾住過的家進行拆除。包含外廊、和室、廚房，都暴露在陽光底下。生動地像是對人體進行解剖一樣。牆壁和地板成為廢材，被堆在庭院裡。

「已經可以了吧？」

我面朝前方對海斗說。我可以感覺到海斗在點頭。我和海斗離開了被破壞的家。聽著破壞的聲音，「再見。」我在心裡呢喃。

「去購物中心吃個飯？或者乾脆去坐個刺激的遊樂設施？」

開著車的海斗問我。

「天氣很好，不如去搭船吧。」

「哇，真難得。」海斗雖然這麼說，但也沒有反對。

湖泊對面的富士山上雖有著許多殘雪，不過四周的空氣沒有冬天的那種嚴峻。心情緩慢地，如同滲透一般和緩了起來。春光柔和地反射在湖面上。平日接近中午的時間，搭船的人只有我和海斗。海斗握著船槳，一鼓作氣地划到湖泊中央。我把手指伸進湖水中。和日照相反，湖水的溫度低得驚人。看樣子春天尚未來到湖水中。

「為什麼我老爸，替在沒有大海的地方出生的我取名時，要用海這個字呢？」

海斗自言自語般的說。日前的聚餐上，從坐在隔壁的海斗，得知他父親過世的消息。他同時還說，未來不只是為了老年人，也想為孩子做些什麼。看到第一次在聚餐時坐在一起的我和海斗，「吼——吼——」小梢用手指著我們笑。

風微微地揚起。我和海斗乘坐的船輕微地搖晃。

「剩下來的庭院妳打算怎麼處理啊。」

「……」說實話，我很猶豫到底該如何是好。

「不過，那是日奈的庭院，妳高興怎麼做就怎麼做吧。」

海斗划著船槳，彷彿為了不讓船隨風飄走。

「不要鋤草，維持著雜草狀態，無論飛來什麼種子都任憑它長，即便長到被說礙事，也放任不管。」

「那樣子，不會給人添麻煩嗎？」我笑著說。

「怎麼會是麻煩呢。夏天草會自然生長，到了冬天便會枯掉不是嗎？」

風比剛剛更強了。

「不管花還是蔬菜，只要種日奈想種的東西就好。」

雖然覺得想笑，但只要想到那個家已經被完全破壞，心中便有一股沉重。風又變得更強了。

因為海斗的話，我忽然想起了，曾經，也許是宮澤先生播種的牽牛花。在宮澤先生離開以後，是海斗替在地面上爬行般生長的牽牛花藤蔓豎立了支架。隔年、再隔一年，都經歷了播種、發芽、長出藤蔓、開花的過程，不過當我追尋宮澤先生的腳步到那個城市，再回來這裡後，就連牽牛花的事也忘了。

如果，殘留在庭院裡的牽牛花種子，發了芽，平緩地描繪著螺旋生長出藤蔓的話，我想要為它豎立支架。

海斗再次划槳。我把頭伸出船身，眺望湖底。我不知道混濁的青綠色湖水到底有多深。我和海斗乘著小船漂浮於這片水上。我想起俊太郎被送上救護車的那個晚上，我泡在浴缸裡時的事。不只是我，無論是誰，都有覺得自己無所依靠的夜晚對吧。不管是俊太郎、還是眼前的海斗，無論和誰在一起，無所依靠的夜晚還是會降臨吧。還是說。

「想上廁所嗎？」

海斗對沉默的我說。「不是。」雖然我笑著搖頭。

「我們吃點熱的東西吧。有點冷，肚子也餓了。」

沒有理會我的回答，海斗使勁地把船划向岸邊。

開車由湖泊往市區走。下了山，順著蛇行的道路前進。每次過彎時，都能看到桃花和油菜花盛開的景色。明明小時候應該無數次見過這種景色，但今天不知道為什麼，只有粉紅色和黃色的世界安穩地滲透到我心中。我可以理解為什麼以前的人會把這裡叫做桃源鄉了。

車子越來越接近市區。在紅燈前停車。

海斗直視前方，輕輕地把左手放到我右手的手背上。我感受到海斗手心的重量和溫度。我知道那雙手終有一天也會變冷、變僵硬。我把手心翻過來，握住海斗的四根手指頭。雖然乾燥的手指頭的觸感和枯掉的雜草有些相似，但我能感受到海斗的血液由心臟流到指尖，溫度傳遞到我的手指頭。

人的身體不會永遠綠意盎然。不過，正因為不是永遠，我才如此愛著。號誌變成綠燈。海斗和我都直視著前方。海斗把手抽離。

「想要你在我身邊。」

我的聲音聽起來不像是自己的。海斗什麼話也沒說。也許他根本沒有聽見。不過，對我來說，能把它說出口，便已經足夠了。

PLP0070

凝望手心

作　者—窪美澄
譯　者—emina
編　輯—黃煜智
校　對—魏秋綢
行銷企劃—王小樨
內頁排版—綠貝殼資訊有限公司
編輯總監—蘇清霖
董 事 長—趙政岷
出 版 者—時報文化出版企業股份有限公司
10803 台北市和平西路三段二四〇號七樓
發行專線—（〇二）二三〇六六八四二
讀者服務專線—〇八〇〇二三一七〇五
（〇二）二三〇四七一〇三
讀者服務傳真—（〇二）二三〇四六八五八
郵撥—一九三四四七二四時報文化出版公司
信箱—10899 臺北華江橋郵局第九九號信箱
時報悅讀網—http://www.readingtimes.com.tw
思潮線臉書—https://www.facebook.com/trendage
法律顧問—理律法律事務所　陳長文律師、李念祖律師
印　刷—盈昌印刷有限公司
初版一刷—二〇二〇年二月七日
定　價—新台幣四二〇元
（缺頁或破損的書，請寄回更換）

時報文化出版公司成立於一九七五年，
並於一九九九年股票上櫃公開發行，於二〇〇八年脫離中時集團非屬旺中，
以「尊重智慧與創意的文化事業」為信念。

凝望手心／窪美澄著；emina 譯 . -- 初版 . -- 臺北市：
時報文化，2020.02
320 面；14.8×21 公分
譯自：じっと手を見る
ISBN 978-957-13-8050-6（平裝）
861.57　　108020386

ISBN 978-957-13-8050-6
Printed in Taiwan